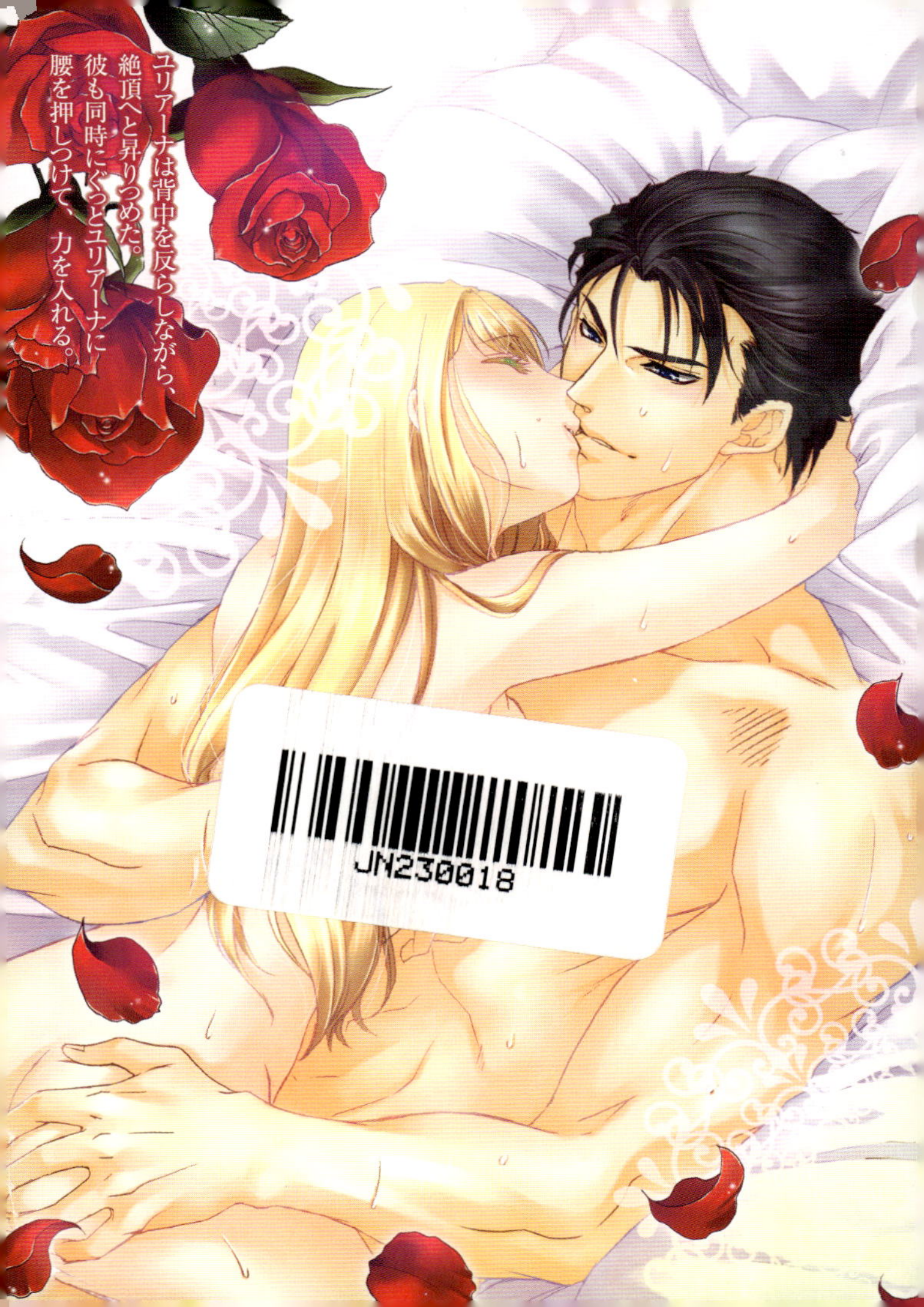
ユリアーナは背中を反らしながら、
絶頂へと昇りつめた。
彼も同時にぐっとユリアーナに
腰を押しつけて、力を入れる。

かわいい政略結婚

冷酷皇帝だったのに新妻にきゅんッ！

水島 忍

Illustrator
辰巳 仁

ジュエル文庫

もくじ

※本作品の内容はすべてフィクションです。
実在の人物・団体・事件などには一切関係ありません。

第一章　人質の王女

ユリアーナは金色の長い髪をなびかせて、バルコニーに立っていた。

開け放たれた城門から、大勢の軍隊が中に入ってくるのが見える。

黒づくめの軍隊……。まるで働き蟻《あり》みたい。

だが、ただの働き蟻ではない。獰猛《どうもう》な働き蟻だ。この国メルティルの軍隊を蹂躙《じゅうりん》し、戦いに勝利した彼らは城を占領するためにやってきたのだ。

彼らはわたし達王族をどうする気なのかしら。

とても怖いが、運命に逆らうことはできない。ユリアーナは生まれたときから、どんな運命でも受け入れなくてはならない立場にあった。

「姫様、もうすぐギリアス帝国の皇帝が見えます。お召し替えを」

子供の頃から面倒を見てくれている侍女のハンナが、後ろから声をかけてきた。

「着替える必要があるのかしら。わたし達、どうせ処刑されるのでしょう?」

たった十八歳で処刑なんかされたくない。楽しいこともこれからだったのに。

そう思ってみても無駄なことだ。ギリアス帝国はたくさんの国々を征服し、属国としている。必ずしも王族が全員処刑されたわけではないが、処刑された例が多いのも事実だ。

「姫様が美しく装えば、皇帝も気が変わるかもしれません」

ユリアーナは眉をひそめた。

自分は背が低く、美しいという柄ではない。この長い金髪と緑の瞳はひそかな自慢の種なのだが、顔自体は幼い感じがする。愛嬌《あいきょう》はあると思うけれど、せいぜい可愛いと言われるくらいだ。

とはいえ、装い自体を美しくできないことはない。しかし、そんなことをする意味があるだろうか。

「ギリアスの皇帝はとても恐ろしくて冷酷な男だと聞いているわ。そんなことで、手加減してくれるとは思えない。それに……目を留めてもらえたとしても、弄《もてあそ》ばれて捨てられるだけじゃないかしら。それとも、わたしに愛人になれと言ってくるとか」

愛人とやらは、何かとても淫《みだ》らなことをさせられるという。どんなことか具体的には知らないが、きっとひどいことだ。

ユリアーナは恐ろしくて身を震わせた。

「冗談じゃないわよ。わたし……そんな真似は絶対に……」

「姫様！　もしお美しい姫様が頼めば、弟君や妹君のお命は救われるかもしれません」

その言葉に、ユリアーナははっと顔を上げた。

ユリアーナは第一王女で、まだ幼い弟や妹がたくさんいる。冷酷な皇帝から彼らを守るためなら、我が身を犠牲《ぎせい》にできる。

もし、それがわたしにしかできないことなら……。

そうよ。できるだけのことはしなくちゃ！

「判ったわ。できる限りのことはしなくては。ハンナ、手伝ってちょうだい」

ユリアーナはバルコニーから部屋の中へと入った。

王女の部屋ではあるが、豪奢《ごうしゃ》な室内というわけではなく、それなりの品位を保っているだけだ。家具は古く、よく見ると欠けている部分や塗料が剝《は》げているものもあった。

メルティルはそれほど大きな国ではない。が、王女の部屋が大したことがないのは、それが理由ではなかった。

この国にとって王族は飾りのようなものだ。この国が成立したときに神格化された国王の子孫であることで、国民の支持を受けてはいるものの、実際には有力貴族のバルデン一族がすべての権限を持っている。

大帝国ギリアスと戦う道を選んだのも、宰相《さいしょう》でもあるバルデン公爵《こうしゃく》の独断だった。

お父様はあんなに反対なさっただというのに……。

しかし、責任を取らされるのは父であり、その一族である自分達なのだった。

ユリアーナは幼い頃より王族がいかに危うい立場であるかを聞かされ、いつどうなっても狼狽《うろた》えないように、いろんな準備をしてきた。

心構えはもちろん、城を追われたときの暮らし方やら、身を守る方法、逃げる方法、それから変装の方法も知っている。勉強もたくさんしてきた。何か役に立ちそうなことがあれば、片端から覚えてきたのだ。

常にそんな意識をしていたユリアーナでさえ、まさか大帝国が攻めてくるとは思わなかったのだ。

いや、ギリアスの脅威は常々感じていたものの、バルデン公爵がギリアス相手に戦うなどと決めなければ、ここまで追い込まれることはなかっただろう。

大帝国をやり過ごす方法はたった二つ。

前もって交渉に赴《おもむ》き、何かしら相手に有利になるような条約を結んでおく。もしくは無抵抗で命乞いをする。

バルデンはそのどちらもせずに戦いを挑んだ。

予定では、周囲の国々も抵抗するはずだったのだが、残念ながら裏切りに遭った。

そして、メルティル軍は多数の死傷者を出し、あろうことか、バルデン公爵の息子であるオットーは軍の司令官であったにもかかわらず、城に逃げ帰ってきた。その時点で敗北は必至となり、ギリアス軍はこうして城へと押し寄せてきたのだ。

今まで学んだことを活用すれば、城から逃げることはできた。が、敵が攻めてくるのに、国民を見捨てて王族が逃げるわけにはいかない。

同じ国のバルデン一族から追われるのとはわけが違う。たとえ父には戦争を起こした責任がなかったとしても、この国の王は父だ。責任を取れと言うのなら、取らねばならない。

そして、自分達家族は父を置いて逃げようとは思わなかった。

わたし達は城からも逃げ出したオットーとは違うのだから。

辺りは騒がしくなってきている。ギリアス軍が略奪を働いているのだろうか。城で働く者達が、獣のように襲いかかられているのではないかと、ユリアーナは気を揉《も》んだ。

とにかく皇帝に会わなくては……。

会って、なんとか頼み込もう。自分はいい。幼い弟や妹をひどい目に遭わせるのだけはやめてほしいと。できることなら、国民にも寛大な処置を願いたい。

そのためなら、わたしは……どうなってもいいわ。

ハンナの手を借りて、鏡の中の自分はそれなりに美しい姿となった。

金色の髪。ぱっちりとした緑の瞳。

それほど美しくなくとも、これだけで大概の男性は目を留めると言われている。普段はバルデス一族の男達の目を引かないように、大きく不格好な帽子をかぶり、身体に合わないぶかぶかのドレスを着ていた。しかも、ネズミ色の冴《さ》えないデザインのドレスを。

でも、今のわたしは違う……。

これは何かのときのために作っておいたドレスだ。光沢のある絹の布地で、薄いピンク色をしている。余計な装飾はないが、身体にぴったりと合っていた。

金色の髪は綺麗に整えられ、髪飾りがつけられている。

これなら大丈夫かしら……。

冷酷な皇帝の心を動かすことができればいいのだが。

やがて、部屋の扉がノックされ、使いの者がやってきた。

「姫様、王族は全員、皇帝の前に出るようにと……」

いよいよ……だわ！

ユリアーナは頷き、祈るような気持ちで部屋を出た。

ユリアーナが使いの者に導かれて向かったのは、謁見《えっけん》の間だった。

普段なら国王が座るべき玉座があるが、その前に王族が並べられ、全員が膝《ひざ》をつかされている。まるで罪人扱いだった。

わたし達は何も悪いことはしていないのに。

部屋の周囲にはギリアスの兵士がずらりと並び、それぞれ銃剣を携えていた。構えているわけではないが、いつそれで殺されるのかと怯《おび》えさせるには充分だった。

父である国王、そして母である王妃は憔悴《しょうすい》した顔だった。その傍にいる幼い弟達や妹達は身を寄せ合い、泣きそうな顔をしている。ユリアーナは彼らの傍に近づき、同じように膝をつきながら、玉座を睨《にら》んだ。

なんとしてでも、この子達を守らなくては。

ユリアーナがそう決心したとき、兵士の一人から顔を伏せろと命令された。

屈辱に塗れながらも、おとなしく顔を伏せる。抵抗すれば、この場で殺される。それは確かだった。

戦いの責任を取るべきなのは、バルデン一族のほうなのに……。

そう思いながらも、バルデン一族はさっさと向こうに寝返り、王族を売ったに違いない。

しばらくすると、ギリアスの兵士達が姿勢を正した。そして、誰かが部屋に入ってきて、玉座につく。

もちろん、それは皇帝だ。

「顔を上げよ」

皇帝の低い声に促されて、ユリアーナは顔を上げた。もちろん他の王族達も怯えながら顔を上げる。

皇帝は冷酷と称されていたが、それにふさわしく怖い顔をしていた。

何より表情というものがない。凍るような冷たい眼差しで王族を眺めた。彼にはきっと心がないのだ。少しでも心があれば、幼い子供達が泣きそうな顔をしていることに、胸を痛めるはずなのに。

彼はユリアーナが想像していたよりずっと若かった。三十代くらいだろうか。座っているものの、かなり背が高いのが判る。引き締まった身体つきに、銀糸の刺繍《ししゅう》を施された黒い軍服を身に着けていた。決して派手ではなく、かつ威厳《いげん》がある。

顔は粗削りながら整っていた。黒髪に青い色の瞳で、もし少しでも笑ってくれるのなら、ユリアーナも見蕩《みと》れていたかもしれない。だが、彼はにこりともせず、表情をひとつも変えなかった。

正直、怖くてたまらない。こんな眼差しで見られたら、悪くなくても罪を認めてしまいそうな気がした。

彼の目がユリアーナに留まった。

ぐっと睨みつけられ、ぞっとする。この場にふさわしくないほど着飾っていると思われたかもしれない。

一人だけ贅沢《ぜいたく》をしていると……。

でも、いつもの格好なら、皇帝の目は素通りしていたに違いないのだ。

彼の目はユリアーナを離れ、父に注がれる。

「我が帝国はたった今からこのメルティルを属国とする。おまえは国王だな？」

父は蒼白な顔で頷いた。

「はい……。ですが……」

「訊かれたことだけに答えろ。私は命乞いを聞くつもりはない」

ユリアーナは一瞬カッとなった。

今すぐ立ち上がって、反論したい。父は何も悪くないのだと。バルデン一族がすべて悪いのだ……と。

しかし、そんなことをすれば、事態はもっと悪くなる。この冷酷な皇帝に、全員処刑すると言われるかもしれない。黙って従っていれば、まだ助かる方法はあるかもしれない。自分達はともかくとして、幼い弟妹達くらいは救われる可能性はある。

ユリアーナはぐっと拳を握りしめて、我慢した。

「私が近隣諸国や征服した国からなんと呼ばれているのか、知っているだろう?」

父は返答に困っていた。

「いえ……」

「嘘をつくな。冷酷な皇帝と呼ばれているのは、私も知っている。特に、裏切り者には容赦《しゃ》はしないと。私を謀《たばか》る者、刃向う者にもだ。……そういった者は改心したふりをしても、何度でも同じことを繰り返す。それなら、処刑するのが最善の策だ。そう思わぬか?」

皇帝は父を脅かしている。まるで猫がネズミをいたぶっているみたいだと、ユリアーナは思った。

「属国の王族を処刑してきたのは、そんな理由がある。私は誰に対しても甘い顔など見せるつもりはない」

そのとき、皇帝の側近と思しき一人の男が彼に近づき、耳打ちをした。皇帝の顔が激しい怒りの表情に変わるのを見て、ユリアーナは心底恐ろしいと思った。

「その男をここへ連れてこい!」

側近が合図をすると、彼らの仲間である一人の兵士が後ろ手にくくられて、無理やり連れてこられ、皇帝の前に座らされた。

その兵士は哀《あわ》れな声を出して、皇帝に嘆願《たんがん》した。

「俺は城の者が生意気な真似をしたから、ほんの少し懲《こ》らしめただけです」

側近は厳しい声でそれを否定した。

「いいえ、この男は陛下のご意向を無視しました。ご命令がない限り、城の者に手を出してはならないと言われておりましたのに。殴った上に、金品を奪おうとしました」

「それのどこがいけないって言うんですか？　戦いに負けた者は勝った者にどうされても文句は言えないもんだ！　それに……」

だが、皇帝に氷のような眼差しで睨まれて、兵士はその続きを口にすることができなくなった。

「この国をどうするか、そして国民をどうするのかを決めるのも私だ。おまえではない」

「ですが……。たかがちょっと殴《なぐ》っただけで……」

「私は命令に従わない者を容赦しないと知っているな？」

「……陛下！　俺はたくさん戦功を立ててきました！　それなのに……」

「だから、一度は見逃した。私がそれを覚えていないとでも思ったのか？　二度目はないと言ったことも?」

皇帝は側近に目を向けた。

「しかるべき罰を与えよ。この男は私だけでなく、ギリアス軍の品位も傷つけた」

「陛下! お許しを! 陛下!」

兵士は叫びながら、連れていかれた。

ユリアーナだけでなく、王族の者達は身動きすらできなかった。皇帝は味方にさえ、これほど厳しいのだ。刃向った国の王族など、生き長らえられるとは思えない。

皇帝は再び父に目を向けた。

「私は決して裏切りは許さない。だから、助かる機会は一度だけだ。おまえには引き続き、国を治めてもらう」

父は驚いたような表情で皇帝を見つめた。

「ほ、本当ですか? 私に……国を治めるようにと?」

皇帝は静かに頷いた。

「ただし、私の意向どおりにということだ。もちろん宰相として帝国から選んだ者をつけるし、軍の一部はこの城に残ることになる」

「では……私の妻や子供達などはこのまま無事で暮らせるということでしょうか?」

父の心配は国を治められるかどうかなどではなく、自分の家族、親族のことに向けられていた。思わずユリアーナは手に力を込め、皇帝の返事を待った。

そのとき、皇帝の目がさらりとユリアーナに向けられた。

「一人を除いてはな」

ユリアーナはドキッとした。

その一人とは自分のことに違いない。

まさか、わたしだけ何か罰を受けるというのだろうか。

他の家族が無事でいられるのは嬉しいが、彼が自分に何を求めているのか判らず、怖くなってくる。

やはり、いつもの格好でいればよかったのだろうか。ネズミのように目立たぬ格好ならば、彼も目を留めなかっただろう。

「一人だけ人質として連れ帰る」

「そんな……！　ご慈悲《じひ》です。私はどうなっても構いませんが、他の者はお許しください！」

父は必死で慈悲を乞うた。しかし、皇帝は冷酷にもその訴えを退ける。

「ならぬ。人質は必要だ」

「では、誰を……」

皇帝の目ははっきりとユリアーナに向けられた。

「その娘だ。これは決定だから、意見を差し挟むな」

わたしが人質……。

やはり、愛人として連れ帰るということなのだろうか。

家族と離れて、一人で帝国へ行くなんて恐ろしかった。しかし、それで他の誰もが助かるというのなら、自分は甘んじてそれを受け入れよう。

ユリアーナの決断は早かった。

「お父様、私でよければ人質になります。わたしのことは心配なさいますな」

どんな事態になっても、なんとかして生き延びる。その処世術は幼い頃から叩きこまれている。

そうよ。帝国で皇帝の愛人になるにせよ、牢屋《ろうや》に閉じ込められるにせよ、どうにかして生き延びる方法はある。

ユリアーナは家族のために、すべてを受け入れることにした。

皇帝はユリアーナに声をかけた。

「おまえに話がある。こちらに来るがいい」

ユリアーナが立ち上がると、彼は玉座を下りて、歩き出した。もしかしたら、自分について来いという意味なのだろうか。彼のあまりにも素《そ》っ気《け》ない態度を見て、困惑したものの、後を追っていく。

彼は謁見の間を出て、早い足取りでどんどん歩いていく。ユリアーナは置いてきぼりにされないように、ドレスの裾《すそ》を持ち上げるようにしてついていった。

少しくらいゆっくり歩いてくれてもいいじゃないの。わたしはドレス姿なのに。そもそも、女性は軍人のような脚力も持っていない。小柄なユリアーナは長身の男性ほど脚も長くないのだから、彼についていくには小走りにならなければいけなかった。

皇帝はようやく立ち止まり、ある部屋の扉を開いた。そこで、やっとユリアーナのほうを見て、顔をしかめた。

歩くのが遅いと思っているのかしら。でも、仕方ないじゃないの。

頭の中では文句を言っていても、実際に口に出してはならない。ぐっと我慢して、彼に追いつき、彼の心を懐柔《かいじゅう》するように笑みを見せた。

が、彼はその笑みに心を動かされた様子もなく、顔を背けて、部屋の中に入っていく。

ユリアーナは少し傷つきながらも、彼についていく。

「扉を閉めろ」

言われたとおりに扉を閉めると、皇帝と二人きりになったことに気づく。ここは国王の執務室だ。今やこの男に占拠されているのだと思うと、胸が痛んだ。

「名はなんと言う？」

「ユリアーナにございます」

「……その名は確か第一王女だったな。年齢は？」

「十八です」

「……よし」

何が『よし』なのだろう。ユリアーナは自分が犬にでもなったような気がした。

「あの……わたしは人質として、皇帝陛下が帰国する際に一緒に行くことになるのでしょうか？」

「レオンハルトだ」

彼が何を言っているのか判らなくて、ユリアーナは困惑した。彼は無表情でユリアーナの顔を見ている。

「私の名はレオンハルトだ。レオンでもいい」

「……はい」

彼の名前は判ったが、別にそんなことは訊いていない。それに『レオンでもいい』とはどういう意味だろう。そんなふうに呼んでもいいと許可しているように聞こえるが、やはり意味が判らない。

だって、わたしは彼の属国の王女で、人質で帝都に連れ帰られる身なのだから。皇帝を親しげに『レオン』なんて呼べるわけがないじゃないの。

彼は咳払《せきばら》いをした。

「一緒には来なくてもいい。一ヵ月やる」

「それは……準備期間なのでしょうか？　一ヵ月後に帝都に向かうようにと？」

「そうだ。いろいろ必要なこともあるだろう」

もしかして、愛人になるのに心の準備が必要と言っているのだろうか。

そんな……。

心の準備なんかできるわけがない。かといって、なんの心構えもなく、淫らなことをされるのはやはり嫌だ。

彼はこれでも思いやりのあるところを見せているつもりなのだろうか。

彼は再び咳払いをした。

「つまり輿入《こしい》れの準備だ」

ユリアーナは聞き違いかと思った。

「あの……今、『輿入れ』という単語を聞いたような気がするのですが」

「もちろんそう言った。おまえは私の妃《きさき》になるのだ」

「ええっ！」

思ってもみないことを言われて、ユリアーナは驚いた。

「嫌なのか？」

「い、いえ！　そんなことは……決して」

嫌だと言う権利などありはしない。何しろ人質なのだから。

ただ、人質がどうして皇帝の妃になるのかが判らなかったのだが。

「よし」

彼はまたそう言うと、大きく頷いた。

「でも、どうしてわたしなどを妃になさるのですか？」

あまりにも疑問だったので、尋ねてみた。すると、彼はあからさまに顔をしかめた。こんな質問はされたくなかったのかもしれない。

「人質は必要だ。だからといって、一国の王女をただ連れていくわけにはいくまい。王女にふさわしいことをする。それだけだ」

だからといって、別に自分の妻にしなくてもいいだろうに。

とはいえ、もちろん愛人よりは妃になれるほうがずっといい。妃になれば身分は安定し、このメルティルにもいい影響を与えられるかもしれない。

もちろん子供も産める。彼の妃になるなんてピンと来ないけれど。

政略結婚と思えば、条件はかなりいい。どのみち、王女として生まれたからには、いつかはそういった結婚をしなければならないと思っていたのだ。

改めてユリアーナは皇帝の顔を見つめた。

粗削りだが、美しい顔だ。目が怖いが、生理的にダメなわけでもない。たとえば、公爵の息子であるオットーと結婚しろと言われたら、城を逃げ出していただろう。王女の座を捨ててもいいほど、オットーは本当に最低の男だったし、何より苦手だった。

でも、彼は違うわ……。

そう。怖いくらい何よ。一ヵ月も輿入れの準備期間をくれると言うのだから、少しくらい優しいところもあるかもしれない。

ユリアーナはなんとかこの結婚を自分に納得させようとしていた。

不意に、皇帝がユリアーナに一歩近づいてきた。

思わず一歩下がる。

彼は眉をひそめた。

「何故下がる？」

「えっ、あの……もう下がりません！」

怖くない。怖くない。彼はこれからわたしの夫になる人なんだもの。

しかし、自分の命令を聞かない兵士に対する冷酷な態度を思い出すと、やはり怖くないとは言えない。

我慢してじっとしていると、彼はユリアーナの肩にそっと触れてくる。まるで壊れるのを恐れるような触れ方で、ユリアーナは不思議な気持ちになった。

彼のような大柄な人なら、もっと乱暴に摑《つか》まれるかと思っていたのだ。

「ユリアーナ」

囁《ささや》くように名を呼ばれてドキッとする。

「こ、皇帝陛下……？」

「レオンハルトだ。もしくはレオンと」

「レオン……」

彼は一瞬だけ微笑んだかと思うと、顔を近づけてくる。

唇が重なって……。

ユリアーナは目を閉じ、彼の唇が意外にも柔らかいのを感じていた。

初めてのキスで、胸の鼓動が高鳴っている。初対面で、よく知らない相手だが、何故だかキスされても嫌だとは思わなかった。

それどころか、唇を舌でなぞられて、身体がゾクッとする。

やだ。わたし……どうしてしまったの？

唇の隙間から舌が忍び込んできて、気がつけばユリアーナは彼と舌を触れ合わせていた。身体の奥がカッと熱くなってくる。キスで、こんなふうになるなんて知らなかった。なんだか頭がふわふわしてきて、気が遠くなっていくようだった。

思わずユリアーナは手を上げ、彼の身体にそっと触れた。

すると、突然、彼はキスをやめると、一歩下がる。

え……？

嫌がられたのかしら。

彼のほうからキスをしてきたのに、急に放り出された気がして、傷ついてしまう。もしかしたら、今のキスは試験みたいなものだったのか。それで、キスの仕方が悪かったから、妃にするのはやめにしたのかもしれない。

ユリアーナはそんな不安に陥った。

「皇帝陛下……わたし……」

「レオンハルト。もしくはレオンだ」

　ということは、まだ妃にする気でいるということだろうか。そうでなければ、名前で呼べとは言わないはずだから。

　なんて判りづらい人なのかしら。

「レオン……。わ、わたし、その、何も知らなくて……」

「それでよし」

　なんでも『よし』で片づけられて、ユリアーナはどうしていいか判らなかった。とにかく、今のキスは結局のところ、それで『よし』なのかもしれなかった。

「結婚したら……あなたの妃としてできる限りのことはします」

　それだけが、ユリアーナにできることだから。

　彼は当然というふうに大きく頷いた。

「では、それで。下がって構わない」

「はい……」

　ユリアーナは半ば騙《だま》されたような気持ちになりながらも、黙って両手でドレスをつまんでお辞儀をした。

　そして、一目散に執務室を出ていく。

とにかく……処刑されるわけでないことは確かだわ！

しかも、メルティルの政務は父に任せてもらえるという。これで、バルデン一族がおとなしくしてくれるなら、前よりいい国になるかもしれない。

わたしは人質だけど、皇妃になれるみたいだし。

これでいいのよね……。ともあれ、命は助かった。

皇帝は冷酷な上にとっつきにくい性格のようで、夫にしたいわけではないが、これは運命なのだから。


レオンハルトはユリアーナの去った執務室で、彼女の唇の感触を思い出していた。

なんて可愛い王女だろう！

噂では、いつも大きな帽子をかぶっていて、ネズミのようにちょこまかと動く変な王女だと聞いていたが、レオンハルトは一目見たときから、彼女の虜になってしまっていた。

大きな声では言えないが、元々、可愛いものには目がない。

軍人から成り上がった皇帝として、それは決して口外してはならない自分の秘密だった。

けれども、彼女を見た瞬間から、どうしても自分の傍に置いておきたいと思ってしまった。

人質は必要だったが、何も彼女でなくてもよかった。というより、いつも属国の人質は世継ぎの王子だった。そのほうが人質として価値がある。

だが、今回はどうしても彼女を連れていきたかったのだ。

だから……妃にすることにした。

結婚なんて今まで考えたことはない。いや、皇帝になったとき、いつかはしなければならないと思ったのだが、できるだけ先延ばしにしたかった。

何故なら、女性には大して興味がなかったからだ。

いや、もちろん今まで自分の人生には何人かの女性がいた。しかし、その場限りでしかない。恋愛経験はなかったし、そもそも恋愛などという感情自体、自分にはなかった。

子供の頃から軍隊しか知らない。戦うことを身につけ、戦うことでしか自分を表現するすべを知らなかった。

そうして出世を繰り返し、いつしか皇帝の座にまで上り詰めていた。だが、相変わらずレオンハルトは女性を愛したことがない。

ユリアーナは可愛いと思うが、これが愛情というわけではないのだ。

ただ、可愛いものを愛でたい。そんな気持ちでしかない。つまり子猫に対するような感情なのだ。

それでも、妃にすれば、夜は彼女と一緒にいられる。

キスした感触はとてもよかった。あの華奢《きゃしゃ》な肩もたまらない。彼女が壊れないように、そっと抱かなくてはならなかったが、それでも全然構わない。

とにかく彼女は可愛い！

ネズミのように動き回るという噂《うわさ》の意味は判らなかったが、きっと見かけによらず活動的なのだろう。

それはそれでいいことだ。レオンハルト自体、じっとしているより、動くほうが好きだからだ。

彼女は乗馬などするだろうか……。

レオンハルトは彼女が可憐《かれん》に乗馬する姿を思い描いた。

最近、宰相から結婚するようによく言われていたが、その問題も解決した。メルティルとの戦いも価値があったということだ。

レオンハルトは一人で満足しながら、側近に指示を出すために執務室の扉を開いた。


意外にも、ギリアス軍は略奪や暴行などしなかった。

完璧に統制が取れていて、そういった類のことは皇帝が許さないのだと言う。というより、皇帝が許さないから、兵士達も恐ろしくてできないのだ。

ユリアーナは命令に反した者への彼の恐ろしい態度が、まだ忘れられなかった。だが、略奪や暴行をよしとしない考え方には、とても好感を持った。その点では、彼はとても高《こう》潔《けつ》な人間かもしれない。

彼はメルティルに関して、調べるだけ調べると、バルデン一族にこの国が牛耳《ぎゅうじ》られていることを知り、全員を追放した。そして、自分の部下を宰相や重要な地位に据え、メルティルを支配下に置いた。

父は一応、国王だが、名前だけのようなものだ。結局のところ、今までと変わらないが、バルデン一族の横柄な態度に王族は辟易《へきえき》していたので、彼らを追い払ってもらってよかったのかもしれない。

大帝国の属国になるのも悪くないのかもしれないわね……。

少なくとも、もうギリアスの脅威に怯える必要はないということだ。

レオンハルトはメルティルを名実ともに支配下に置いた途端に、嵐のようにさっと帝都へ帰っていった。

実に、それはたったの一週間だった。

ユリアーナはその間、一度もレオンハルトと会わなかった。遠くから姿を見たくらいだ。彼が軍勢を率いて帰るときも同様だった。

もしかしたら、ユリアーナの輿入れなど夢物語ではないかと思った。

が、新しい宰相が婚礼のための準備を始めたので、どうも夢ではなかったらしい。宰相の指示の下、新しいドレスが何枚も誂えられた。王女ではなく、若い妃にふさわしいドレスだ。華やかで、かつ品位があるものだった。

装身具や身の回りのものも最高のものが用意された。

そして、レオンハルトが結婚を決めたときからきっかり一ヵ月後に、ユリアーナは大勢の女官と共に、メルティルの城を発《た》つことになった。

「身体に気をつけるのよ」

「元気でいるのだぞ」

両親に抱き締められ、弟達や妹達に抱きつかれ、別れを惜しまれながら馬車に乗り込む。

そして、ユリアーナは馬車の窓からいつまでも手を振り続けた。

「姫様……」

隣に座るハンナがハンカチを渡してくれて、涙を拭く。故郷を離れ、家族と別れるのはつらくてたまらない。

だって、ひょっとしたら、もう一生会えないかもしれないんだもの。

いつか政略結婚をすることになるだろうと思っていたし、こういう時が来るのも判っていたのだが、やはり悲しいものは悲しい。

見知らぬ国へ行き、よく知らない相手に嫁ぐ。

これが運命なんだと思ってみても、涙が出てくる。

困ったハンナはなんとかユリアーナを慰《なぐさ》めようと、背中をさすってくれた。

「オットーと結婚するよりましだと考えてみてはどうでしょうか」

「それはそうよね……。それに、なんといっても、皇妃になるんですもの」

オットーでなくても、バルデン一族がユリアーナか、もしくは妹達の誰かと結婚する気ではないかという想像はしていた。以前は王族を陰で操るだけで満足していたのが、最近は王族と婚姻を結んで、国を乗っ取ろうと考えているようだったからだ。

だからこそ、ネズミのようだと陰口を言われるくらい風変わりな格好をしていたのだ。

絶対に目をつけられたくなかったから。

「念願が叶った……のかもしれないわね。だって、わたしはメルティルのために強力な国に嫁ぎたいと思っていたんだから」

そうすることで、バルデン一族の力を削ごうと思っていたのだ。ギリアス帝国ほど強い国は周りになかったし、レオンハルトはあっさりとバルデン一族を追い出してくれた。

そういえば、彼らはどこに逃げたのかしら……。

もう二度とメルティルに戻ってきてほしくないが、レオンハルトが置いていった軍隊がいれば大丈夫だろう。

ユリアーナはレオンハルトに感謝すべきだ。

自分を単なる人質としてではなく、妃として迎えてくれる彼に。

結果的にはメルティルと王族を救ってくれた彼に。

やがて、国境付近に差しかかる。大きな街道を進んでいたユリアーナの一行だったが、そこに逗留《とうりゅう》していた帝国の兵士達に止められた。

メルティルから護衛を務めてくれている兵士達と何か悶着《もんちゃく》が起こっている。ユリアーナは心配になって、馬車から降りて話を聞くことにした。

「皇帝陛下の指示があります。王女様と女官一人のみ通してよいと」

「なんですって？　女官はみんな必要よ。護衛だって……」

「我々が護衛を務めます。女官は宮殿に着けば、いくらでもいますから。旅の途中では一人のみで我慢なさってください」

そんな……なんてひどいの！

ユリアーナは泣きそうになった。いや、帝国の兵士の前では泣いたりしない。彼らはやはり敵だ。そして、皇帝も敵なのだ。

レオンハルトに少し優しいところがあるなんて思ったのは間違いだった。

彼に感謝をするなんて間違っていた。彼はやはりユリアーナを人質としてしか見てないに違いない。

妃にするにしても、本当のところは大した意味はないのだろう。

第一皇妃とか第二皇妃とか、いろいろいるのかも……。

だって、あまりにも簡単に妃にすると決めていたからだ。何人もの皇妃がいるのなら、それも理解できる。もちろん正妃は一人だけだろうが、皇妃という名の愛人がきっとたくさんいるのだ。

ユリアーナはきっとその一人に過ぎない。それどころか、一番下のどうでもいい妃で、宮殿の隅に押し込められてしまうに違いない。

ユリアーナはハンナと共に馬車に戻り、また涙に暮れた。

レオンハルトは冷酷な男よ……。

やっぱり噂は本当だった。人の心を持たない氷のごとき軍人皇帝だ。

それでも、約束通り自分はそんな男に嫁がねばならない。

メルティルのために。
家族のために。
それ以外、ユリアーナに道は残されていなかった。

第二章　結婚式とその夜に

馬車が帝都に差しかかり、ユリアーナは窓の外から目を離せなかった。

何故なら、メルティルとはあまりにも違っていたからだ。さすがに大帝国の帝都だ。庶民の暮らしも豊かなようで、綺麗な街並みにうっとりしてくる。

そして、宮殿は想像以上に壮麗なものだった。ユリアーナが生まれ育った古い城とは違う。メルティル城は丘の上に建ち、濠《ほり》やら城門やら、敵を排除するためのものがある。しかし、この宮殿は帝国の力を誇示するようなもので、見る者を圧倒させる効果があった。

広い敷地内には整えられた庭があり、噴水まである。そこに建つ白亜の建物は大きく、更に美しい。きらびやかで、帝国の栄華が感じられ、かつ上品でもあった。

誰が見ても、この帝国の力は強大だ。メルティルなど足元にも及ばないことを、宮殿を見ただけで判ってしまった。

二国間の差は最初からこんなにあったのだ。バルデン一族もこのことを知っておくべきだったに違いない。

ユリアーナの乗った馬車が着くと、宮殿の中からたくさんの人が出てきた。彼らはここで働いている召使いのようだった。

「一体……なんなの？」

もしかして、小さな属国からやってきた人質の王女を見物するために出てきたのだろうか。大きな宮殿を見て、すっかり落ち込んでいたユリアーナには、そんなふうにしか思えなかった。

だが、人々がさっと二手に分かれると、道ができる。宮殿の正面玄関の扉が開き、レオンハルトが現れた。

久しぶりに見た彼の姿に、ユリアーナの胸は一瞬ときめいた。

相変わらず怖い顔をしているけれど、それでも彼は他の誰よりも堂々としている。

でも、冷酷な男……。

命令を無視した兵士への態度と、国境付近で受けた仕打ちのことは忘れられない。彼にたくさん愛人がいるかもしれないという疑惑もそのままだった。

レオンハルトは馬車に歩み寄り、扉を開いた。

そして、ユリアーナに無言で手を差し伸べる。思わずその手を握り、ユリアーナは馬車から降りた。

彼はユリアーナの肩に手を回し、集まった人々を見回す。やはり、彼はこういった大勢の人達を相手にするにふさわしい威厳があった。

「ユリアーナ王女だ」

彼がたった一言そう言うと、人々から拍手が起きた。彼はユリアーナの肩を抱きながら、彼らの間にできた道を堂々と歩いていく。ハンナはその後をついてきているようだった。

それにしても、彼はまだわたしに何も話しかけていないんだけど……。

妃とする相手に何も言わないのは何故なのだろう。ユリアーナにはさっぱり理解できなかった。

宮殿で働く召使い達に祝福されているのか、そうでないかも、よく判らない。

ユリアーナは宮殿の中に足を踏み入れ、思わず高い天井を見上げた。吹き抜けになっていて、天井には絵画が描かれている。床は紛れもない大理石でできていて、壁には金色に塗られた燭台《しょくだい》がたくさん取りつけられていた。

「どうだ？」

ユリアーナがあちこち見回しているのに気づいたのか、感想を訊かれた。

「素晴らしい宮殿ですね……。外観だけでなく、内側も何もかも美しすぎて圧倒されてしまいます」

「これからは、おまえの宮殿にもなるわけだ」

レオンハルトは事もなげにそう言うと、隅に控えていた女官らしき女性に目を向けた。

「彼女が女官長だ。これからおまえの世話をしてくれる」

女官長は中年のふくよかな女性で、儀礼的な笑みを浮かべてこちらに近づき、レオンハルトとユリアーナの前でドレスを摘まんでお辞儀をした。

「女官長のローエでございます。ユリアーナ王女様、お部屋へご案内いたしますので、どうぞこちらへ」

ユリアーナがレオンハルトの顔を見ると、彼は頷いた。女官長の言うとおりにしろということなのだろう。彼はさっさと背を向けて去っていく。その後ろ姿を見ながら、ユリアーナはたちまち虚《むな》しさを感じた。

あんな素っ気ない人と結婚するなんて……。

いや、オットーに比べればまだましだ。ユリアーナはそう思って、自分を慰める。

女官長はユリアーナとハンナを部屋へと案内した。

広い部屋で、内装も家具も美しいものばかりで、思わず溜息が洩れそうになる。床には絨毯《じゅうたん》が敷きつめてあり、壁紙も小さな模様が入っていた。メルティル城での部屋とはまったく違う。

「結婚式が終わりましたら、皇妃様のお部屋へご案内することになります」

「結婚したら、別の部屋になるの？」

「もちろんですとも。陛下から直々《じきじき》に指示を受けておりますので」

レオンハルトは皇帝だというのに、いちいち指示しなければ気が済まないのだろうか。いや、メルティルでは、彼は細々と部下に指示を出した後、用は済んだとばかりにすぐに帰っていったのだ。

やっぱり、わたしにはレオンハルトという人のことがよく理解できないわ。

結婚しても、理解できるかどうか自信はない。

でも、とにかく結婚はしなくては。それが自分の義務なのだ。

ユリアーナの荷物が運び込まれてきて、多くの女官達が荷解きにかかっている。

「彼女達は王女様のお付きの者です。控えの間にいますので、いつでも用事をお言いつけください」

「一人一人紹介してもらえないかしら。名前とか……」

女官長は眉をひそめた。

「いちいち名前を覚えなくてもよいのです。用事を言いつけられれば、王女様のために働きますので」

それがこの宮殿のルールなのだろうか。それとも、この女官長が決めたルールなのか。

ユリアーナはここに来たばかりで、そのルールはおかしいとはさすがに言えなかった。

本当は紹介してもらって、名前を覚えて、仲良くなりたいんだけど……。

メルティルでは、そうするのが普通だった。というより、バルデン一族に脅威を覚えていたから、少しでも自分の味方を増やそうと必死だったのだ。

ここでは、そんな必要はないのかもしれない。

でも、なんだか女官を人間扱いしていないようで、あまりいい気はしない。

女官長はハンナに話しかけた。

「あなたは王女様のお世話係……?」

「侍女のハンナでございます」

ハンナが挨拶をすると、女官長は横柄な態度で頷いた。

「あなたのお部屋はこの隣になります。小さなお部屋ですが、王女様のためにすぐに駆けつけられるようになっていますよ」

ここで働くハンナも大変そうだ。だが、ユリアーナにはハンナしか味方がいない。何かと彼女を頼ることになりそうだった。

前途多難。

やはり皇妃になるのも楽ではなさそうだ。けれども、楽な道なんてこの世の中にあるだろうか。誰しもそれぞれが懸命に生きているのだ。

だから、わたしもこれからここで頑張るのよ。

ユリアーナは自分にそう言い聞かせた。


宮殿に着いたその日、ユリアーナはもうレオンハルトに会うことはなかった。

食事は部屋に運ばれてきたし、疲れていたこともあって、早々に眠ることになった。

翌日は婚礼衣装の仮縫いが行われた。これはメルティルまでやってきたデザイナーと打ち合わせをしていて、すでに布地の選択や採寸をしていたので、だいたいドレスは出来上がっていた。

そして、結婚式とそれに伴う宴がどんな手順で行われるかについて教えられた。これを教えてくれたのは、宮殿の中で行われる催しを取り仕切る役目の役人だった。

聞けば、結婚式までもう一週間もないらしい。他国からも賓客《ひんきゃく》が来るようで、宮殿中がその準備に追われていた。

実際に礼拝堂での振る舞いなども教えてもらったのだが、その場にレオンハルトが現れたかと思うと、すぐに彼は手順だけ聞いて去っていった。

碌《ろく》に話もしていないのに……。

これは政略結婚のようなものなのだから、夫と仲良くしようと思うのが間違いなのだろうか。ユリアーナとしては、結婚したら、できれば自分の両親のように互いを思いやる夫婦になりたいと思っていた。

でも、いくらわたしがそう思ってみても、彼も同じように思ってくれなくては実現できないわ。

レオンハルトの頭の中には政務や軍隊、外国の脅威のことくらいしか頭にないようだ。結婚生活なんて、どうでもいいのかもしれない。

そうよね……。わたしは人質なんだもの。

でも、普通の夫婦のようになれたらいいと願ってしまう。どうせ夫婦になるのだから、末長く幸せでいたいと思うのは間違いなのだろうか。

それとも……。

別に愛人がいるのかしら。

前に想像したように第一皇妃や第二皇妃がいないことは、この宮殿に来てみて判った。

これほど皇帝の婚礼に大騒ぎしているのは、これが初めてだからだ。それに、よく考えると、異教徒ではあるまいし、いくら皇帝でもそんなにたくさん妃が持てるはずがないのだ。

だからといって、愛人がいないとも限らない。身分が低くて妃にはできないという場合だってある。レオンハルトがその女性のことをものすごく愛しているとして、便宜上、皇帝として妃を娶《めと》らなくてはならないとしたら、やはり妃となる女のことなどどうでもいいと思うかもしれない。

そんなことをあれこれ考えてしまうのは、やはり彼があまりにも素っ気ないからだ。

少しくらい優しい顔を見せてくれてもいいのに。

ユリアーナは王女ではあるものの、そんなに美しいとはいえないし、幼い顔立ちで、子供っぽいように見えるから、確かに妃という感じではない。

実際、そんな陰口も聞いてしまった……。

女官のおしゃべりというのは、なんとなく耳に入ってくるものなのだ。ハンナは憤慨《ふんがい》していたが、それが間違いとは言い切れない。

でも、生まれつきの容姿はどうしようもないものよ。化粧でごまかすにも限界がある。

そもそも、ユリアーナは化粧なんて好きではない。はっきり言うと苦手だった。

メルティルでは、化粧する必要もなかった。というか、化粧で美しく見せるより、素のままのほうが安心だったということもある。

美しく見られたいという乙女心もあるが、自然のままでいたほうがいい。それで子供っぽいと言われてもいいと思っていた。

でも、レオンハルトはどう思っているのかしら……。

ユリアーナはやはり気になってしまう。

これからの結婚生活がどうなるのかが判らない。未来が想像できなくて、少し怖かった。女官長のローエはなんとなくユリアーナを見下しているようにも思えるし、女官達ともあまり話が合わない。ハンナがいてくれるからいいようなものの、やはりこれから自分がどんな生活を送るのか、不安でいっぱいだった。

翌日も、その翌日も結婚式に関することで日が暮れていく。

そして……。

いよいよ結婚式の日となった。

その日は朝からユリアーナは湯浴みをした。たくさんのお湯が運ばれてきて、女官達に髪を洗われ、全身を磨き上げられる。湯から出ると、今度は髪を梳《と》きながら乾かしていく。

それから、婚礼衣装を着せられ、髪を複雑な形に結い上げられた。

鏡の中の自分は頰がほんのりピンク色に染まっていて、いつもより美しく見える。これなら、レオンハルトも自分のことを見直してくれるだろうか。

よりよい夫婦生活を送る気になってくれればいいのだが。

「さあ、王女様。そろそろ礼拝堂へ向かう時間でございます」

ローエが部屋までやってきて、ユリアーナを促した。

最後にベールをつけられ、ユリアーナは女官達にドレスの裳裾《えりすそ》や長いベールを持ってもらいながら移動していく。豪華な衣装ではあるが、移動するのはかなり大変だ。

壮麗《そうれい》な礼拝堂の中には、煌《きら》びやかな服装をした大勢の人々がいた。

祭壇の前には聖職者がいて、レオンハルトが正装と思しき服装をして立っている。金色のモールがついた黒い軍服の肩から赤いサッシュを斜めに掛け、細かな金糸の刺繡が入っている長いマントをつけていた。

ベールを下ろしたユリアーナが礼拝堂の出入り口に立つと、拍手がさざ波のように起こる。そして、レオンハルトが振り向き、ユリアーナを見つめた。

彼は結婚式でもいつもの表情だ。何を考えているのか判らない。怒っているわけではないだろうが、ユリアーナは鋭い視線で射貫かれたような気がした。

何もそんなに怖い顔をしなくてもいいのに。

ユリアーナは花束を持ち、一人でそろりそろりと赤い絨毯の上を歩き、レオンハルトに近づいた。

この国では皇妃となるべき女性は、こうして一人で歩かなくてはならないらしい。それくらい強くあらねばならないということだと聞かされたが、もしかしたら皇妃が辿《たど》る運命を暗示しているのかもしれないとも思う。

レオンハルトの隣に並ぶと、一瞬だが、こちらを見た彼の眼差しが和らいだように思えた。だが、彼はすぐに前を向き、厳しい表情をしたので、見間違いだったのだろう。

緊張していたユリアーナは、あれほど教えられた手順も忘れてしまいそうだった。だが、なんとか少し遅れながらも、言うべき言葉を口にし、すべきことをしていく。

誓《ちか》いの言葉を言うときには、声が震えてしまったけれど、なんとかやりこなした。

それに対して、レオンハルトの声はよく響き、自信に溢れていた。

彼の生い立ちについてはよく知らないが、確か元はただの軍人だったと聞く。以前の皇帝が跡継ぎを亡くした後、レオンハルトを次代の皇帝に指名したという話だ。

だが、それも当然のように思える。あまりにも彼は身も心も強そうだったからだ。事実、彼が帝位についてからのこの国の発展は目覚ましい。領土をどこまで拡大するのかと、周辺諸国が恐れおののくくらいだ。

武力でもって他国を制圧し、冷酷な皇帝として知られているレオンハルト。自分はその彼の妻になるのだ。

もちろん二人の関係に愛だの恋だのという感情は一切ない。

政略結婚みたいなものだが、いつかは彼を愛することができるのだろうか。そして、彼から愛されることはあるのか。

外見は素敵だと言えるものの、やはり彼はどこか怖い雰囲気を持っている。

彼との間に子供が生まれることを想像するのは難しかった。そもそも彼は子供になど興味がないようにも見える。

そう。ひたすら戦うことしか頭にない男に。

ユリアーナの指には金色の綺麗な指輪がはめられた。小さな宝石がたくさんつけられている。あまり装身具に興味のないユリアーナだったが、美しさにうっとりする。母が似たような指輪をつけていたことを思い出し、急に故郷が恋しくなってくる。

わたしのこの姿、お父様にもお母様にも見てもらいたかったのに……。

「ユリアーナ……」

「えっ」

突然声をかけられて、ユリアーナはビクッとする。うっかりぼんやりしていたが、彼のほうを向くと、ベールが上げられた。

ベール越しではなく、レオンハルトがはっきりと見える。

目鼻立ちのはっきりした整った顔が近づき、ユリアーナは目を閉じた。ゆっくりと唇が重なり、ユリアーナは初めてされたキスのことを思い出す。

だが、すぐに唇は離れ、周囲からたくさんの拍手が聞こえてきた。

わたしは彼の妻になったんだわ……。

皇妃ユリアーナ。それが新しい自分だった。

何故か涙ぐみそうになって、ユリアーナは慌てて目をしばたたかせる。

「目にゴミでも入ったのか？」

彼にそっと囁かれて、がっくりくる。ロマンティックなことを言ってほしいとまでは思わないが、この場にふさわしくない言葉であるのは確かだ。

「感動しているんです。それから……少しの不安」

「不安など感じる必要はない。おまえの身分は保証されている。安心しろ」

なんだか話がずれている。彼はユリアーナがどういう不安を抱えているのか、判っているのだろうか。

自分の気持ちを説明すべきかもしれない。

そう思ったが、いずれにしろ、今は二人で話し合っている時間はなかった。結婚証明書にサインをし、皇帝と皇妃として寄り添いながら、祝福してくれている多くの人々の間を歩いていく。ユリアーナはにこやかに微笑んだが、レオンハルトは相変わらずだ。少しくらい嬉しそうな顔をしてもいいだろうに、厳しい顔つきのままだった。

彼は生まれつきこういう顔の人なのかしら。

それとも思っていることが表情に出ない人なのか。

いつも怒っている人と考えるよりは、そちらのほうがいいのかもしれない。少なくとも機嫌を損ねたと思い悩むことはなくなるからだ。

礼拝堂を出ると、何故だかレオンハルトはほっと息をつく。意外と彼も緊張していたのだろうか。それとも、結婚式そのものが嫌だったのか。

宮殿で働く召使いや兵士達からも祝福の声を受けたが、彼は礼拝堂の中で客に向けた顔とは違い、少し微笑んでいる。それどころか、手を挙げて、彼らに応えていた。

一体どういうことなの？

ユリアーナは驚いたものの、外国からの賓客や貴族達に愛想がよくて、召使いや兵士達に無愛想だったりするよりはいいと思った。

だって、国民を大事にしているということだもの。

それが人の上に立つ人間として一番大切なことだと、ユリアーナは思っている。長年、バルデン一族の専横ぶりを見てきたからこその感想だった。

ユリアーナはレオンハルトと共に馬車に乗り込んだ。そして、たくさんの近衛隊に守られながら帝都をぐるりと回り、今度はそこに住む人々に結婚のお披露目をした。

たくさんの庶民が歓声を上げ、手を振っている。レオンハルトもにこやかとは言えないまでも笑顔を作り、彼らに応えた。

彼は国民にとても人気があるようだ。高貴な生まれではなく、軍人から実力で出世した庶民だからなのかもしれない。彼は領土を広げ、国民に富をもたらしている。これほど慕われているところを見ると、皇妃となったユリアーナもなんだか嬉しくなってきた。

彼に倣《なら》って手を振ると、みんなが歓声を上げてくれる。確かに、礼拝堂に詰めていた貴族達に応えるよりずっといい気分になった。

一周回って宮殿に着くと、次は盛大な祝宴が行われることになっている。

宮殿の大広間にたくさんのテーブルと椅子が並べられていて、そこでご馳走《ちそう》や酒が振る舞われた。音楽が演奏され、歌や踊りが披露されていく。ユリアーナはレオンハルトの隣に座り、それらを眺めていた。

客はそれぞれ歓談し、宴を楽しんでいるようだったが、レオンハルトは退屈そうにしている。馬車に乗っていたときとはまるで違う態度だ。こちらに何か話しかけてくるわけでもない。ひたすら考え事をしているようで、ユリアーナも彼に話しかけられなかった。

つまり、こういう儀礼的なことが嫌いなんじゃないかしら。

そんな予想をしながら、ユリアーナは歌や踊りに拍手をし、適当に食べ、酒で喉を潤していた。

「ユリアーナ……」

突然、レオンハルトに話しかけられて、ビクッとする。

「はい？　なんでしょう？」

彼はユリアーナのほうに身体を傾け、耳打ちをしてきた。

「おまえはそろそろ退出するといい」

「えっ、でも、まだ宴が終わっていませんけど」

「そういうしきたりだ。それに、いつまで経っても、この宴は終わらないぞ。そっと何気なく出ていくんだ」

確かに全員が酔い潰れるまで終わりそうになかった。

ユリアーナは頷き、後ろに控えているハンナに合図をする。そして、さり気なく大広間を出ていった。

皇妃の部屋というのは、皇帝の部屋の隣にあった。

二人の部屋の間には共通の居間があり、互いの部屋から扉一枚で行き来できるようになっている。居心地のよさそうなソファが置いてあるが、自分とレオンハルトがここで一緒に寛《くつろ》いだり、話したりする場面は思い浮かばなかった。

ユリアーナの部屋にもソファや書き物机があるから、自分はこちらで寛ぐことになるかもしれない。

政略結婚の夫婦はそういうものなのかしら……。

両親の結婚の経緯については、あまりよく知らないが、単純に恋愛結婚だったとは思えない。母の実家はメルティル国内では有数の名家だからだ。恐らく王妃にふさわしいと思われて、選ばれたはずだ。

それでも、今の父と母はとても仲がいい。子供だって七人もいる。バルデン一族さえいなければ、ずっと幸せでいたことだろう。

バルデン一族はいなくなったが、代わりに皇帝の代理が宰相を務めている。正直なところ、その代理がバルデン一族のようにのさばらないとは誰にも言えないのではないかと思うのだ。

わたしが人質になり、そして皇妃となったからには大丈夫……と信じたいけれど。

ユリアーナがハンナの手を借りてベールを外していると、五人の女官達が手伝いにやってきた。下働きの女性達がお湯を運んできて、洗面室に置いてある浴槽に入れてくれ、ドレスをようやく脱いだユリアーナはそこに身を横たえた。

皇妃というものは、こんなに頻繁《ひんぱん》に風呂に入るものなのだろうか。

お湯を運ぶのは重労働なので、風呂に入るのは贅沢なのだが、皇妃ともなればそんな贅沢も許されるのかもしれない。確かに風呂で身体を清潔にすることは気持ちがいい。美しいドレスを着たり、宝石をつけることより、ユリアーナは風呂に入ることのほうが好きだった。

身体を洗い、さっぱりした気持ちで純白の夜着を身に着け、その上から同じく薄手の白い化粧着を羽織った。そして、鏡の前に座って、長い髪を櫛《くし》で梳いてもらう。

ハンナだけでなく、女官が何人もやってきて自分の世話をすることにはまだ慣れない。ハンナだけでは大変だろうが、女官はせいぜい二人くらいでいいような気がするのだが。

やがて、ハンナと女官達は下がっていった。急に部屋の中がしんとして、不思議な気分になってくる。

あの大広間ではまだ宴が催《もよお》されているはずなのに、この部屋は離れているせいか、声すら聞こえてこない。耳を澄ますと音楽が聞こえてくるくらいだった。

ユリアーナは眠りにつくために明かりを消そうと、燭台に近づいた。

そのとき、ノックもなしに扉が開く音が聞こえた。

はっとしてそちらを向くと、そこにはレオンハルトの姿があった。彼は結婚式のときの衣装からマントとサッシュを外し、上着を脱いで白いシャツ姿になっている。

「まあ……陛下」

彼が顔をしかめたので、慌てて言い直す。

「レオン……」

彼は重々しく頷くと、こちらに近づいてくる。ユリアーナは急に自分が薄い夜着に化粧着しか羽織っていないことが恥ずかしくなってきて、慌てて化粧着のベルトを締めようとした。

「それは必要ない」

「えっ、でも……」

「我々は夫婦になった」

それはそうだけど。

ユリアーナは困惑しつつ、手で化粧着をしっかりと合わせた。

「夫婦になったからには、何も隠す必要はないということだ」

「ええ……」

「つまり私が言いたいのは、そんなに怯えなくてもいい、と……」

そういえば、彼はいつもより優しく囁くような声で話しかけている。いつもはよく響く声で話しているのに。

もしかして、わたしが怖がらないように気を使ってくれているのかしら。

そう思うと、肩の力が少し抜けてくる。

「わたし……殿方とはあまりお話ししたことがなくて」

「もちろんそうだろう。王女とはそういうものだ」

実を言えば、それは正確な情報ではない。ユリアーナは身分の高い男性とはあまり会話したことはないが、庶民となれば別だ。何しろ、いつ何時、バルデン一族から迫害を受けないとも限らなかったので、身を守るすべなどいろんなことを教えてもらっていた。

そして、その先生の中には庶民がいた。というより、庶民のほうが確実に生き抜く知恵を持っている。

ユリアーナがどんなことを学んできたのか、レオンハルトは知らない。だが、知らせないままのほうがいいのかもしれないとも思う。

だって、わたしは人質なんだもの。

皇妃になったからといって、油断は禁物だ。レオンハルトはバルデン一族とは違うと思うのだが、彼とはまだ打ち解けていないから警戒するに越したことはない。

海の向こうの国では、不貞の罪を着せられて処刑された王妃がいると聞いたことがある。彼がユリアーナを排除しようと思ったら、それは簡単なのだ。

彼はユリアーナの傍にそっと寄り添うように立った。ユリアーナは彼を見上げる。目が合うと、彼がいつもと違う雰囲気を醸《かも》し出していることに気がつき、ドキッとした。

何かしら……？

彼の青い瞳はいつもなら睨みつけるように眼光が鋭いのに、今は違う。

まるで慈《いつく》しむような眼差しで……。

いや、いくらなんでも、それは冷酷な皇帝にはふさわしくない表現だ。きっと気のせいだろう。

それでも、あまりにも見つめられているので、ユリアーナの頬は熱くなってくる。胸はドキドキしてきて、身体のほうも熱を帯びてきたような気がした。

「ユリアーナ……」

彼は手を伸ばして、そっと髪に触れてきた。それはとても懐いていない子猫を撫《な》でるような手つきだった。

皇帝レオンハルトは冷酷な男だと噂されてきた。ユリアーナもそうだと思うときも多かった。メルティルでの彼の言動はまだ忘れられない。それに、彼の素っ気なさやら、睨むような仕草に傷つくこともあったのだ。

でも、なんだか今は違う……。

ふと、ユリアーナは思った。

もしかしたら、彼は上手く自分を表現できない人なのだろうか、と。

女性に優しさや思いやりを示すのが苦手な男性がいると聞いたことがある。彼がそうなのかどうかは、はっきりとは判らないのだが。

だいたい、彼に本当に優しさや思いやりなんてものがあるのかしら。

彼の武骨な手はユリアーナの金色の髪をそっと撫でていく。

「おまえの髪は……手触りがいい」

「ありがとうございます」

「敬語など使わずともよい。私達はもう夫婦なのだから」

ユリアーナはそっと頷いた。

本当に夫婦になるには、こちらから壁を築いてはいけない。警戒しつつ壁を築かずにいるのは難しいが、少しは心を開かなくては。

ユリアーナは彼の青い瞳を見つめて、口を開く。

「ありがとう……レオン。わたし、皇妃の務めのことがよく判らないの」

目がすっと細められて、彼は今まで見たことがないくらい優しげに微笑んだ。そうすると、雰囲気が驚くほど変わった。

ユリアーナは彼から目が離せなくなってしまう。

一体なんなの？　これは……魔法？

彼にもこんな笑顔を見せるときがあるなんて……信じられない。

レオンハルトはユリアーナの肩に手を滑らせ、そっと抱き締める。

「何もかも、私が手ほどきしてやろう」

「ええ。お願いするわ」

「まずは……これだ」

彼はそう囁くと、顔を近づけてくる。唇が重なり、ユリアーナの身体は震えた。

これが皇妃の務め……？

疑問が頭をかすめたが、彼の舌が口の中に入ってくると、たちまち他のことは考えられなくなってくる。

初めてのキスのことが脳裏に甦《よみがえ》ってくる。あのときも、ユリアーナはキスされると、ふわふわした気持ちになって、身体が熱くなってきた。

結婚式では唇を合わせただけのキスで、物足りなかったのだ。こんなふうにもう一度キスをしてもらいたかった。これが自分の求めていたものだと、はっきりと判る。

この宮殿に来てから、キスどころか、彼とはほとんど話すこともなかったし、顔を見ることも少なかった。だから、ずっと胸の中がモヤモヤとしていたのだろう。

だって、彼はもうわたしなんかに興味がないんじゃないかと思っていたから。

けれども、こうして情熱的なキスをしてもらって、そうではないとやっと判った。

少なくとも、彼はユリアーナに関心がある。

そうでしょう?

ユリアーナは彼にすがりつくように背中に手を回したが、今度は避けられなかった。舌は淫らに絡み合っていて、彼はそれをやめる様子もなかった。

キスって、なんて気持ちのいいことなのかしら。

ユリアーナはただうっとりと身を任せる。

そうよ。彼に任せていれば、大丈夫なのよ。

そう思いつつも、気がつくと、ユリアーナは自分からも舌を動かしていた。もっと深いキスが欲しい。身体がもっと熱くなるようなものが欲しかった。

ようやく彼が唇を離したとき、ユリアーナはそのまま彼にもたれかかった。すると、彼はユリアーナの身体を軽々と抱き上げた。

「えっ……あの……」

「摑まっておけ」

「あ、はい」

ユリアーナは彼の首に腕を絡める。小柄だとはいえ、人間一人をこんなにも軽々と抱き上げられるなんて、彼はなんて力強いのだろう。

レオンハルトはユリアーナをベッドに連れていく、そこに静かに下ろした。

「これはいらない」

彼に化粧着を剝ぎ取られ、薄い夜着一枚になる。少し心細いものの、ひどいことをされるわけではないという信頼が、ユリアーナの中に芽生えていた。

彼はユリアーナに覆いかぶさるようにして抱き締めて、再びそっとキスをする。

さっきよりはおとなしいキスだが、彼の体温に包まれるような気がして、何故だか幸福感のようなものを覚えた。

温かいから……?

単にそれだけではない。彼に信頼を感じ始めているからだ。

冷酷だと言われている皇帝に、こんな感情を抱くようになるなんて思わなかった。夫婦になるからには仲良くしたいという思いはあったが、これほどまでに彼を信頼するようになるなんて……。

でも、本当に彼をそんなに信用していいの?

ユリアーナはよく判らなかった。ただ、彼と身体を合わせている今、自分がとても穏やかな気持ちでいるということは判る。

少なくとも嫌いではない。どちらかというと、今このときは好きなのかもしれない。

そうでなければ、こんなふうに抱き締められてキスをされて、幸せのような気分になんかなれるはずがないからだ。

ただし、別のときの彼に対しては違う思いを抱くかもしれない。

たとえば、残酷な面を見たときならば。

だけど、今は……違う。

レオンハルトは唇を離すと、ユリアーナの顔のあちこちに軽くキスをしてくる。

なんだかそれも嬉しくて……。

まるで自分のものだというふうに印をつけているようにも思える。ユリアーナは目を閉じて、ただ彼の唇を感じていた。

耳朶《みみたぶ》にもキスをされる。そして、唇で挟まれ、軽く歯を立てた。

途端に、身体に何かを感じる。同時にビクッと震えた。

驚いて目を開けると、彼はユリアーナの反応を見て、柔らかく微笑んだ。

「痛かったか？」

「いいえ……あの、変な感じはしたけど」

「そうか」

彼は優しく耳朶の下に唇をつける。またビクンと身体が震えてしまい、ユリアーナは戸惑った。

明らかに彼があちこちキスをするたびに、自分の身体がおかしなことになってしまっている。けれども、彼はそれを笑ったりしていない。それどころか、自分の反応をもっと引き出そうとしているみたいだ。

これは……普通のことなのかしら。

ただ、判ることは、レオンハルトはとても優しく自分に触れているということだった。

彼はまた首から肩口にかけて、唇を少しずつずらしていっている。

まるで、怪我をした小動物に触れるみたいな感じだ。だから、反応を見ているのかもしれない。脅かさないように気遣ってくれているのだろう。

いつもは素っ気ない人なのに……。

とても温かく感じる。

これが本当の彼なのだろうか。信じすぎてもいけないが、彼に対して正当な判断をしたかった。

だって、彼はわたしの夫になったんだもの。

彼はそっと夜着の袖の上から腕に触れてきた。そのまま撫で下ろし、手を握ると、その手の甲にキスをしてくる。

いつもの彼に似合わぬ優雅な仕草で、ドキッとする。

皇帝という位にいながら、彼は軍人としての面が強いようだ。きらびやかな衣装を着た人達に囲まれるよりも、兵士達と一緒にいるときのほうが生き生きとしている。それを粗野だと言う人もいるだろう。

でも、こんなふうに優雅に振る舞うことだってできるんだわ。

結婚式でも祝いの宴でも、ユリアーナはずっとこの結婚について考えていた。避けることができなかったにせよ、上手くやっていくことができるのかどうかとても不安だった。

しかし、彼のこんな面を知ると、ずいぶん気が楽になってきた。

今はまだ彼のことをよく知らないが、そのうちどんどん判ってきて、本当に好きになれる日が来るかもしれない。

少なくとも、今こうしているときの彼のことは好ましいと思える。

彼はユリアーナの手を摑んで、胸に触れさせた。ユリアーナ自身の胸だ。夜着の上から柔らかい乳房の感触がある。彼の手はユリアーナの手にぴったりとくっつけられて、直接触れられていない。けれども、彼に触れられているような気分になってきて、ドキドキしてくる。

彼はゆっくりとユリアーナの手を上から動かしていく。丸く円を描くようにされると、ユリアーナの乳房が形を変えた。

「どんな気分になる？」

「わ、判らない……。なんだか変な気分……」

触れているのは自分の手なのに、やはり彼の手に触れられているみたいだ。

いっそ、彼自身に触れられてみたい。

一瞬、そんなことを考えてしまう。

「こっちは私が触れてもいいか？」

「え……」

レオンハルトはユリアーナの返事を待たずに、もう片方の乳房に自分の手を重ねた。

「あっ……」

同じ手の感触でも違う。彼の手は自分の手よりはるかに大きく、乳房がすっぽりと包まれていた。そして、何より彼の体温のほうが高いような気がする。

彼はゆっくりとその手を動かしていった。

なんだかおかしくなりそう……。

彼に触れられていると思うだけで、身体がカッと熱くなってくる。同時に、なんだか気持ちいいのだ。

他人に触られるのは、こんなに気持ちいいものなの？

いや、ただの他人ではない。彼は夫だ。それに、たとえば女官達に身体を洗われても、特に何も感じない。もちろん自分で触れても同じだ。

他の男性なら……。

いいえ。他の男性になんか絶対に触れさせたくないわ！

彼は特別。

夫であっても、他の男性に触れられることは考えたくもない。

やっぱり、レオンハルトは他の人にはない何かがある気がする。それがなんなのか、まだ判らないけれど。

彼は掌《てのひら》だけでなく、指で乳房を柔らかく揉むような動きをしてきた。掌で撫でられているだけのときとは違う。よりリアルに彼に触れられているようだった。

やがて指はある一点に集中してきて……。

乳首を軽く摘まれて、刺激されている。ユリアーナは何故だかそれを気持ちいいと感じてしまう。

その部分だけでなく、身体の奥底のほうから熱くなってくる。

どうして？　何故こうなってしまうの？

次第に、布地の上から触れられているだけでは物足りなくなってきた。自分でもおかしいと思うのだが、直に触れてもらいたいなんて考えている。

わたし、どうにかなってしまったみたい。

身体がだんだん自分のものでなくなっているようだった。彼に触れられたり、キスされているうちに、どんどん身体が変わっていく。

熱い吐息をつくと、彼はスッと頭を下げていく。

彼は薄い夜着の上から乳首にキスをしていた。

嘘……！

驚いたものの、気持ちいい。指で摘まれるよりずっと。

背筋がゾクゾクしてくる。寒いわけでも怖いわけでもない。ただ、感じてしまうのだ。

そして、自分がこんなふうになってしまったことに驚いていた。

彼はキスをしただけでなく、舌で乳首を転がすように舐めている。思わず、ユリアーナは下半身をもぞもぞと動かした。

身体の奥が感じるから。

じんわりとした快感が広がっていくような気がして、また熱い吐息をつく。

どうにかなってしまいそうなの……。

身体の変化に自分の意識がついていけない。どうしてこうなるのかも判らないし、彼がどうしてこんなことをするのかも。

皇妃の務めを教えてやろうと彼は言っていた。

皇妃……というか、これは妻の務めなのかしら。結婚すると、夫婦の契《ちぎ》りという儀式があると聞いたことがあるわ。

それに、男女の間には何やら淫らことが存在すると……。

愛人でなくても、夫婦の間でも同じだとしたら、これがそうなのかもしれない。

だって、なんだかとっても淫らな感じがするもの。

ユリアーナは裸同然で、薄い布地の上から胸を愛撫《あいぶ》されている。それで気持ちよくなっているのだから、淫らだけれど、悪いものではないと思うのだ。

もちろん、夫婦であればということだが。

彼はわたしの夫だもの。何も悪いことはないわ。

レオンハルトは胸にキスをしながら、ユリアーナの腰を優しく撫でた。乱暴に撫で下ろされたわけではないから、怖くない。夜着の裾をたくし上げられ、太腿を直に撫でられたときも、少し恥ずかしいだけだった。

太腿に当てられた彼の掌がとても熱く感じられる。

彼はゆっくりと掌を動かしていく。ユリアーナを怖がらせないように、細心の注意を払っているように思えた。

内腿のほうに掌を滑らせられたとき、ドキッとした。けれども、嫌だとはまったく思わない。それどころか、何故だかもっと触れてほしいとも思ってしまう。

だって……感じているんだもの。

感じているのは身体の奥……というより、脚の間の奥なのだ。だから、そこに触れてもらいたくて、たまらない気持ちになっていた。

恥ずかしいのに。こんなに恥ずかしいのに。

レオンハルトが乱暴なことはしないと判っているからだろうか。とにかく彼に触れられたら、どれほど気持ちいいだろうと思ってしまうのだ。

彼の手が内腿を這っていき、とうとう脚の間に触れたとき、奥のほうから熱いものがじゅんと溢れ出したのが判った。

彼はすでに胸にはキスをしておらず、顔を上げて、ユリアーナが感じているさまをじっと見つめていた。

「は、恥ずかしいわ……」

「大丈夫だ」

「でも……」

「おまえの反応は可愛らしい」

自分ではとても淫らに思えてくるのだが、彼は可愛らしいと表現した。今の自分に可愛らしいところなんてまるでないと思うのに。

彼の指先がそっと秘部を撫でていく。

「あっ……」

ユリアーナの身体がビクンと揺れる。

「痛い？」

「……そんなことないわ」

それどころか、もっとたくさん撫でてほしいと思うくらいだ。

「では、感じるのか？」

ユリアーナは頬を染めて、小さく頷いた。彼はそれを見て微笑み、安心したように指でそこを撫でていった。

最初は繊細《せんさい》な触れ方だったが、次第に大胆な触れ方になっていく。ユリアーナは彼の指の動きに、どこがどんなふうに気持ちいいのかを教えられているような気がしていた。

身体が大きく震えるくらいに快感を覚える部分もあれば、じんわりと感じる部分もある。どちらも気持ちがよくて、ユリアーナは彼の愛撫にほとんど身を任せていた。

身体の芯《しん》まで熱く潤《うるお》っている。ただ、これだけでは何か足りない。

もっと……もっと。

自分が何を求めているのか判らない。けれども、何かが物足りなくて、身体をもどかしげに動かした。

彼は指を止めた。

「あ……やだ。もっと……」

心の声を口に出してしまい、ユリアーナは頬を染めた。

彼はそんな自分に優しく微笑んだ。

「これを脱がせてもいいか?」

「えっ……」

夜着を脱いだら、自分は全裸だ。隠すものは何もない。だが、快感に震える身体はそれを求めていた。

いっそ脱いでしまいたい……。

恥ずかしさより、快感を求める気持ちのほうが大きかった。脱ぐことと快感にどういう関係があるのか判らない。しかし、彼が脱がせたいと思うなら、自分もそうしたいと思った。

小さく頷くと、レオンハルトはユリアーナを抱え起こして、夜着の裾をまくり上げると、頭からそれを脱がせてしまった。

彼は改めて腕の中の身体を見つめている。彼の視線を感じて、恥ずかしくなるより、身体が熱くなってきた。

「そんなに……見ないで」

「何故だ？　こんなに……美しいのに」

彼はうっとりとしているかのように、ユリアーナの乳房を手で覆った。彼の体温を直に感じられて、ユリアーナ自身もうっとりする。

肌と肌が触れ合うのが、こんなに気持ちいいことだったなんて……！

今まで知らなかった。

彼は手をずらして、ピンと立った乳首を指で撫でていく。

「あ……あん……」

乱暴ではないけれど、さっきほど恐る恐るといった触れ方でもない。きっとユリアーナの身体が感じるのが判ってきたからなのだろう。

乳首を撫でられると、その部分と同時に脚の間にも甘い疼《うず》きを覚えてしまう。

わたしの身体……一体どうなってしまったの？

そう思いながらも、彼に愛撫されることがとても気に入っている。慣らされてしまったのかもしれない。最初からこんな感じで刺激されていたら怖かっただろうが、少しずつ触られて、快感をまず覚え込まされてしまった。

ああ、だけど、それが嫌じゃないの。

これはきっと彼の思いやりだから。

自分が怖がらないように、万全の配慮をしてくれたのだ。

ユリアーナは彼のことがもっと好きになりつつあった。少なくとも、この瞬間、自分と触れ合っているときの彼は好ましい存在だった。

彼の手はやがて股間へと延びていく。ユリアーナは一瞬、脚に力を入れたが、すぐに力を抜き、彼の手を受け入れた。

すっかり蜜《みつ》に溢れたそこを、彼がまさぐっている。ユリアーナの身体は敏感にそれを感じて、ビクビクと身体を震わせた。

「感じているんだな？　こんなに……」

彼が指を動かすと、濡れた音がした。

「やだ。そんな……」

「恥ずかしがらなくてもいい。私は……嬉しいんだ」

「嬉しい？」

意味がよく判らない。どうしてこれが嬉しいのだろう。

「おまえが気持ちよくならないと……私もそうはなれないから」

彼はそう言うと、ユリアーナを再びシーツの上に横たわらせた。そして、両手でユリアーナの腿に触れると、そっと開いていく。

「えっ……」

自然な開き方だったので、抵抗する暇もなかった。ユリアーナの両脚を開かれて、蜜に塗れた秘部が曝《さら》け出される。

「どうして……？　こんなことをするの？」

ユリアーナは目を背けた。しかし、自分が見ていなくても、彼の視線が脚の間に注がれているのはなんとなく判る。

蠟燭《ろうそく》の灯りではそれほど見えていないのが判っていても、やはり恥ずかしくてたまらない。

「怖がらなくていい。おまえを……もっと気持ちよくしてやるから」

彼はユリアーナの両脚を押し広げるようにして、秘部に顔を近づけた。ユリアーナは息を呑む。だが、すぐに温かい刺激を感じて、彼の言ったことが嘘ではないことに気がついた。

彼は舌でその部分を愛撫していた。

恥ずかしいのに、その愛撫から得られる快感のほうが勝ってしまっている。嫌なのに、決して嫌ではない。

身体の奥まで震えるように、気持ちよくてたまらなかった。

彼はキスをしながら、指で秘裂をなぞっていく。やがて、彼の指が一本、そろりと自分の内側に入っていく。

最初は少し痛みを感じた。けれども、押したり引いたりしながら、彼の指が徐々に中に埋め込まれていくと、快感と相まってそれも自然なことに思えてくる。

これがあるべき姿のような気がして……。

自分の身体の内側をなぞられるなんて、普通ではあり得ない感覚だ。しかし、彼は妻たるユリアーナの身体の隅々まで自分のものにする気のようだった。

そして、わたしはすべてが彼のものだという気持ちになってくる。

彼が何をしても、受け入れられるような錯覚《さっかく》を覚えるほどだった。そもそも、彼が何をしようとしているのか、よく判らなかったのだが。

そういえば、メルティルを発つ前の晩、乳母が真っ赤な顔で何やら結婚生活の話をしてくれた。

抽象的《ちゅうしょうてき》な話でさっぱり判らなかったけれど、少し痛いがすぐよくなると言っていた。

これが……そうなの？

自分の体内にある指に違和感があったものの、彼は指を出し入れしながら同時に舌で愛撫していたので、すぐにそれも快感に変わっていった。内壁を擦られ、奥まで指が入ってくる感覚に、ユリアーナはしっかり感じていた。

そのうちに、身体の芯で燻《くすぶ》っていた炎が次第に燃え上がっていく感じがした。熱くてたまらなくて……。

ユリアーナは髪を振り乱して、頭を何度も振った。身体の奥から炎のような快感がせり上がってくる。

やがて、鋭い快感が頭の天辺まで突き抜けていく。

「あぁあっ……！」

ユリアーナは生まれて初めて体験する感覚に身を任せた。痙攣《けいれん》するような身体の震えが止まらない。鼓動が速くなり、息が乱れる。そして、何より全身が熱くなっていた。

いつの間にか彼は顔を上げ、指も引き抜いている。ぼんやり見つめていると、彼は服を脱いでいた。

引き締まった身体には筋肉がついていて、とても美しいものだった。自分とはまるで違う。うっとり見つめていたが、彼が下穿《したば》きを脱ぐと、顔が強張る。

股間には見慣れないものがあった。いや、動物の雄《おす》にだってあれはある。めずらしいものではないと思いながらも、それは硬くそそり立っていた。

一瞬恐れを抱いたものの、彼が自分に覆いかぶさり、抱き締めてくると、そんなことはどうでもよくなってきた。

温かくて、滑らかな肌が触れ合う感覚に陶然《とうぜん》としてくる。彼の引き締まった身体はとても硬くて、だからこそ、気持ちがいいのだ。

唇が重なると、恐れなどどこかに吹き飛んでしまう。

やはり、彼のことが好きだと思う。彼は乱暴な真似はしないし、とても優しくしてくれる。何より、こんなふうに裸の身体を合わせて、心地よくなれる相手を嫌いにはなれない。

何故だか守られているような気がしてきて……。

彼の傍にいたら、何も怖くない。

ユリアーナは無意識に彼の身体に触れ、無意識に撫でていた。しかし、彼の身体はするりと動いて、ユリアーナの手から逃げていく。

え……?

彼はユリアーナの脚を両脇に抱えるようにして、腰を密着させていた。彼の硬くなっている股間のものがユリアーナの秘部に当たっている。

ああ、これが……。

乳母が話していたことがやっと頭の中で繋がったが、ユリアーナは不思議と恐れを感じなかった。

彼は決して乱暴なことはしない。ユリアーナのことを気遣ってくれる。痛かったり、怖かったり、そういったことをなるべくさせたくないと思っている。

それを優しさと表現していいかどうかは判らなかったが。

「力を抜いて。少しだけ……我慢してくれ」

彼は静かな声でそう告げると、ぐっと押し入ってきた。

痛みは感じた。が、彼の気遣いが判るから、ユリアーナも我慢した。ギュッと目を閉じたものの、その痛みはすぐに消えていく。

彼のものが奥に当たった。

ユリアーナが目を開けると、彼はほっとしたように少し微笑んだ。一瞬だけど、それを可愛いと思ってしまう。

ユリアーナの心に温かいものが溢れてくる。

レオンハルトはユリアーナを抱き締めてきて、キスをしてきた。舌を絡め合うと、二人はまさしく一体になっている感じがする。

だって、何もかもひとつだから。

唇が離れると、彼はユリアーナを見つめてきた。いつもの鋭い眼光はどこにもない。一心に見つめてくるその眼差しを、ユリアーナはただ見つめ返した。

やがて、彼はゆっくりと身体を動かした。

「あ……っ」

彼が動くと、もちろんユリアーナの体内にあるものも動いていく。

敏感な内壁が擦られて、今まで感じたことのないような感覚が身体に広がっていく。次第にそれが快感に変わっていって……。

そして、猛《たけ》ったものが奥へと当たると、今度は別の快感が生まれた。彼が奥まで入っていくたびに、ユリアーナは甘い声を上げた。

自分のすべてが翻弄《ほんろう》されている。

けれども、それが嫌だとは思わなかった。彼にしっかりとしがみつきながら、これが夫婦になることなのだと考える。

二人は感覚もひとつになっているのだと。

何もかもが繋がり、どんなことでさえ二人はひとつなのだと。

次第に彼の動きは速くなっていく。けれども、それが乱暴には感じなかった。彼の心の根底は、優しいもので満ち溢れているのかもしれないと、ユリアーナは夢想した。

もし、そうだったら嬉しい。

優しさは愛の始まりのようなものではないだろうか。

彼と愛し合うなんて、まだ想像もできないが。

最初は怖い人だと思った。素っ気なくて、嫌な人のようにも思った。けれども、本当は違う。

何より彼は夫なのだ。政略結婚であろうと、愛し合えないわけではない。そのうち、深い愛情が二人の間に育つことだって考えられる。

自分達は今、その芽生えを感じているのかもしれなかった。

快感は高まっていき、ユリアーナは再び炎のようなものが身体の芯にあるのを感じた。それが徐々に大きく広がり、やがて止めようもないほどのものになる。

「もう……もうダメ……っ」

直前に悲鳴のような声を上げると、レオンハルトは猛然と動き始めた。もう少し我慢しようとしていたが、それは無理だった。

彼がぐっと腰を押しつけてくると、たちまち弾けてしまう。

ユリアーナは彼にしがみつき、昇りつめる。彼もまたユリアーナを強い力で抱き締めて、乱れる息と鼓動が鎮まるまでじっとそのままだった。

今、二人は同じ快感を共有したのだと、ユリアーナは疑わなかった。

快感はやがて幸福感に変わっていく。

たとえようもないほどの幸福感に酔いながら、結婚してよかったと思う。

ううん。レオンハルトと結婚してよかったのよ。

他の男性とではない。レオンハルトだから、これほどの幸せを味わわせてくれたのだ。

これが皇妃の務めなら、毎日だってしてもいい。

ユリアーナは彼の背中をそっと優しく撫でた。

そのとき、彼はビクッと身体を震わせて、突然起き上がった。身体は離れていき、ユリアーナは淋《さび》しく思う。

もっと熱い身体を感じていたかったし、抱き合って幸福感を味わいたかったのに。

「……まだ痛みはあるか？」

彼はぶっきらぼうに尋ねてきた。ユリアーナの胸に溢れていたはずの幸福感が次第に薄れていく。

「大丈夫よ」

「そうか……」

彼はベッドを下りて、洗面室へと向かった。少しして、濡らした布を持ってきて、ユリアーナの身体をそっと拭いてくれた。

身体を拭くことくらい自分でできる。しかし、彼がしてくれるなら、そちらのほうがよかった。それだけのことなのに、また少し幸福感のようなものが戻ってくる。

秘部も拭《ふ》いてくれて、彼との間に秘密を持った気がした。

彼はわたしの一番恥ずかしい部分を知っていることになるから。

でも、わたしも彼の秘密を知ったのかもしれないわ！

身体がひとつになったあのときの感覚は、まだ忘れられない。彼の情熱があのとき確かに伝わってきた。ひょっとしたら、優しさも。

彼は洗面室にまた布を持っていき、それから戻ってきたものの、ベッドの周囲に散らばった自分の衣類を拾って、身に着け始めた。

えっ……。

これはもう終わりなの？

ユリアーナは彼ともう少し一緒にいたかった。せめて、あと少しだけ抱き締めて、キスをしてもらいたかった。

できれば、朝まで一緒に眠りたいくらいなのに……。

用は済んだとばかりに服を着る彼を見ていて、ユリアーナは悲しくなってきた。

彼のことが判ったと思ったのは、やはり単なる気のせいだったのかもしれない。快感に惑わされて、自分が幻影を見ていたのか。

本当の彼はやはり心の冷たい人なのかもしれない。

彼は服を着てしまうと、咳払いをした。

「今日は朝から大変だったろう。ゆっくり身体を休めるといい」

それだけ。それだけなの？

愛の言葉が聞けると思っていたわけではないが、もう少し優しい言葉が欲しかったのに。

「あの……これが皇妃の務めなの？」

「第一にはそうだ。おまえの身体に蒔《ま》いた種が育つことを祈ろう」

「えっ……」

ユリアーナは意味が判らずに戸惑う。その様子を見て、彼もまた驚いたようだった。

「何も知らないのか？」

「何もって？」

「いや……。皇妃は跡継ぎを産むのが一番の仕事だ。それは判っているな？」

ユリアーナは神妙に頷いた。

なんだか冷たく聞こえるが、事実そうだ。彼が結婚した理由のひとつは、跡継ぎが欲しいからなのだ。

「子供は種がなければ自然にはできない、ということだ。今、おまえの身体の中に、私は種を蒔いたんだ」

「まあ……！　いつの間に？」

彼はどうやって種を蒔いたのだろう。さっぱり判らない。だいたい、子供の種とはどういうものなのだろうか。

「それは……つまり……詳しい者に訊くがいい」

彼は困った挙句に、返答を避けた。もしかしたら、自分はおかしなことを訊いたのかもしれない。

ユリアーナは謝ろうとしてベッドから起き上がり、自分だけが裸でいることに気づき、シーツを身体に巻きつける。目を上げると、彼は自分を凝視《ぎょうし》していた。

情熱的な眼差しで、身体が急に熱くなってきて、思わずもぞもぞと腰を動かした。

もう一度、服を脱いで、ベッドに入ってきてくれないかしら。

そう思ったとき、彼は無理やり視線を外して、背を向けた。

「今の話……男には質問をするんじゃないぞ。というより、男とはみだりに口を利いてはいけない」

「えっ」

「女だ。質問したければ、女にしろ」

彼はそれだけ言うと、部屋を出ていった。

何がなんだか判らない。

あのまま見つめ合っていたら、彼はベッドに戻ってきていたような気がした。しかし、結局は去っていったのだ。

皇妃の務めとは、こういうものなの？

なんだか淋しい……。

一時の情熱を味わい、幸せを感じていただけに、彼がそそくさと去っていったことが悲しかった。

優しいところも確かにあった。それは間違いない。

本当のレオンハルトを知りたかった。彼は本当はどういう人間なのだろう。冷酷な皇帝と呼ばれていたけれど、そうではない面もある。

ただの冷酷な人なら、気遣うことすらせずに去っていっただろう。

彼は痛みのことを心配してくれていたわ……。

ユリアーナはふと自分の夜着と化粧着が近くの椅子にかけられていることに気がついた。最初はその辺に投げ捨てられていたことを思うと、彼が自分の服を拾うときに、わざわざ椅子にかけてくれたに違いない。

こんな気遣いができる人なんだもの。やっぱり本当は優しいいんじゃないかしら。

そう思いつつも、確かにそうだと断言できるだけの理由はなかった。実際のところ、自分がそう思いたがっているだけのことかもしれない。

それとも、彼には二面性があるということなの……？

ユリアーナは夜着を身に着け、蠟燭の明かりを吹き消した。

そして、ベッドに横たわり、レオンハルトのことを考え続けた。


レオンハルトは自室に戻り、ソファにどさっと腰を下ろした。酒でも持ってこさせようかと思ったが、今は誰にも会いたくない気分だった。

ユリアーナ……。

初めて見たときから彼女が欲しかった。可愛くてならないから、結婚式を挙げるまでは手を出さないように、なるべく顔を合わせないように忙しくしていた。

やっと結婚式が終わったものの、ずっと遠ざけていたから、自分がどうすべきかも判らなくなっていたのだ。

本当はいろんな話をして、徐々に心を溶かしていきたかったのだが……。

部屋の扉を開け、白い夜着と化粧着を着て、頼りなげな顔をして立っていた彼女を見た途端、我慢ができなくなっていた。

それでも、最低限の心遣いはしたつもりだ。

彼女を傷つけてはいけない。優しく優しく接しなければ、きっと怖がられてしまう。何しろ彼女は小柄で可愛い。普段の力で抱き締めたりしたら、壊れてしまうのではないかと思ったのだ。

それに、何も知らない無垢《むく》な感じがした。実際、彼女は本当に何も知らなかった。結婚する前に、少しくらい知恵をつけられているのではないかと思ったのに、子供がどうしてできるかも知らなかった。もちろん、その手順でさえも。

ああ、ユリアーナが可愛くてならない……！

けれども、これほど自分の心を揺るがすことができる彼女が怖くもあった。もちろん、これは一時的なことだろう。彼女に慣れてしまいさえすれば、これほど彼女のことで心を煩《わずら》わせることはないはずだと思う。

そう。恋愛など、私には無縁のことだから。

可愛いものは可愛がりたい。それだけだ。

ただ……レオンハルトはあまり女性に対して甘い言葉を囁いたことがない。そういったことが上手い男もいるが、自分は不得手だ。

戦場で兵士達を鼓舞《こぶ》するときのほうがよほど簡単だ。だいたい、女が何をどう考えているのか、さっぱり判らないのだ。何を欲しているのかさえ見当もつかない。

宝石……だろうか。ドレスなのか。

彼女が喜ぶのはなんなのか。

できることなら、今夜はずっと彼女の傍にいたかった。彼女を抱いたまま、ベッドの中で一晩過ごしたかった。彼女もそれを望んでいるようにも思えた瞬間もあったが、きっとそれは自分の願望がそういう錯覚を起こしたに過ぎないのだろう。

初夜では、女は痛みを感じるというから……。

彼女を残して去ったのは正解だ。いつまでも居座ったりしたら、逆に嫌われたかもしれない。

そうだ。そうに違いない。

恐らくたぶん。

レオンハルトはとりあえず彼女に何か宝石を贈ろうと思いついた。

そうすれば、彼女を大切に思っているという気持ちが伝わるかもしれない。彼女がもっと自分に慣れてくれるようになったら、もっと関係を深めてみよう。

レオンハルトは彼女の柔肌の感触を思い出しながら、そんなことを考えた。

第三章　皇帝とのピクニック

ユリアーナが皇妃となって、早くも一ヵ月が過ぎた。

その間、毎夜のようにレオンハルトは寝室を訪れていた。そして、用が済むと去っていく。ユリアーナはいつも名残惜《なごりお》しかったが、彼がそうすると決めている以上、異を唱えるわけにはいかない。

時々は……まだ一緒にいてほしいと言いたくなっていたが。

種の件は誰にも訊かなかったが、なんとなく判った。けれども、月のものがあったから、まだ子供はできていない。というのも、月のものが始まったとき、ハンナが何気なく『ご懐妊はまだですね』と呟いたからだ。

自分はぬくぬくと育てられた世間知らずの王女ではないと思っていたが、どうも男女のことについては、よく知らずにいたのだと気づいた。

バルデン一族の男に目をつけられないようにと気をつけていたが、元々の容姿を隠すようにしていただけのことで、具体的に何に気をつければいいのかを知らなかった。自分が意外と無知だったことに驚いたものの、実際に経験したからには、もう無知ではない。

しかし、夫との仲がどうやったらもっと上手くいくのかについては知らなかった。

女官達に訊いてみたかったが、皇帝との仲が上手くいってないと思われるのは困る。自分の皇妃としての立場が脅かされることにもなりかねないからだ。

とはいえ、最初は宮殿での生活に不安を抱いていたユリアーナだったが、一ヵ月もすれば、すっかり慣れていた。

結局、自分付きの女官達の名前はすべて覚えたし、どこの出身でどんな生い立ちかということまで今は知っている。最初は遠慮していた女官達もいろいろ喋ってくれるようになっていた。

そして、あの女官長ローエでさえも……。

ローエはユリアーナが女官達をすべて取り仕切るようになり、自分の立場を脅かすのではないかと警戒していたのだそうだ。ユリアーナが宮殿のしきたりなどのことを尋ねると、最初は慇懃無礼《いんぎんぶれい》な態度だったが、何度も諦めずに話しかけてみたら、ようやく心を開いてくれるようになった。

つまり、悪い人なんかではなかったということだ。

この国では皇帝の力が強く、バルデン一族のような敵対勢力がいないからなのだろう。変なことを企《たくら》む輩《やから》がいないということは、国の安定にも繋がる。皇帝であるレオンハルトが正しい判断をしている限りは。

レオンハルトは元々、一兵士だったから、庶民の心を理解して思いやることができる。それを忘れないでいれば、よき皇帝のままでいられるはずだ。

ただし、よその国を侵略するのはどうかと思うのだが。

属国にされたという恨みからそう思うのではない。メルティルの場合は、属国にされたほうがまだましだった。バルデン一族の好き勝手にされていた国が、一応は王族の手に戻ってきたのだから。

他の国はどうなのだろう。戦えば、兵士達は怪我をしたり、亡くなったりする。そして、相手の国の兵士も。せめて土地が荒らされたり、国民に被害が及ぶことはなければいいのだが。

もちろん、そんなことをわたしの立場でレオンハルトに進言なんてできない。

皇妃であっても、やはり自分は人質でもあるのだ。彼はしようと思えば、ユリアーナを牢に閉じ込めることだってできる。

彼がそんなことをするなんて思えないけれど。

ベッドでの彼は最大限の思いやりを示してくれる。その代わり、ベッドを出ると、あまり話しかけてもくれない。

宝石の贈り物ならたくさんもらったが、ユリアーナはあまり宝石には興味がない。どちらかといえば、花のほうが好きなくらいだ。

でも、宝石も花も他の贈り物も、本当はいらないの。

レオンハルトともう少しでもいいから話したい。傍にいたい。それから、彼のことがもっと知りたい。

せめて、同じベッドで眠りたいのに……。

どうして出ていってしまうのかしら。

ひとつ判ったことがある。それは、女官達の話で、彼には愛人がいないということだ。

『陛下は皇妃様一筋ですものね』

『女の方にはあまり興味がないのかとまで言われていたんですよ。ご結婚されてからは、ずいぶんお変わりになって……』

『宝石屋が喜んでいるようですよ。いつも陛下がお呼びになるから』

レオンハルトが今まで女性と何もなかったわけではないだろうが、それでも皇帝となってからは、誰かに特別目をかけるとか、宝石を贈るなどということはしてこなかったのだ。

わたしだけ……。

そう思うと、嬉しくなってくる。

しかし、彼との心の距離が縮まっていないことは確かだった。あの気難しい女官長とも仲良くなれたというのに、肝心な夫の心が摑めないなんて。

ユリアーナはそれをなんとかしたいとずっと考えていたが、上手い考えが浮かばなかった。

皇妃の仕事はまずは跡継ぎを産むことで、それは夜の営みでなされることだ。今はまだ達成できていないが、そのうちなんとかなるだろう。他に皇妃がやるべきことと言えば、何かの行事があれば出席して、皇帝の傍でにこにこしていることだった。

だが、その行事というものがあまりない。以前は舞踏会なども頻繁に開かれていたらしいのだが、レオンハルトが皇帝になってからはたまに開かれるくらいだ。

何しろ、彼は根っからの武人だからだ。皇帝の位についても、ダンスなど得意ではないだろうし、舞踏会に出席しても面白くはないのだろう。

結婚の祝いの宴がずいぶん大がかりで、客が喜んで盛り上がっていたのも無理はない。確かに舞踏会を開くのもお金がかかるものだ。帝国の財政など知らないが、もし余裕があるようなら、たまには開いてみるのもいいのではないだろうか。

ああいう集まりがあれば、日頃は接しない人と話すこともあるだろうし、それがいずれ何かの役に立つこともあるかもしれない。

とはいえ、そんな話をまだ肝心のレオンハルトとできていない。ローエとは話しているのだが、そんなことを自分が勝手に決めるわけにはいかないのだ。

宮殿内のいろんな事柄については、それぞれ部署が決まっていて、管理をしている。たとえば、食糧や物資について、何をどのくらい納入するのか、どこに発注するのか、誰を雇うのか、どこに配置するのか。もうすべてが決まっていて、今更、ユリアーナの出番はないようだ。

だからこそ、皇妃の新しい仕事というものを、ユリアーナが独自で始めてもいいということなのだ。と解釈している。

何しろメルティルはバルデン一族に乗っ取られていたようなものなので、ユリアーナの母である王妃は、始終、手仕事をしていた。もしくは、子供達の世話だ。何しろたくさん子供がいたので、バルデン一族がつけてくれた乳母だけでは手が足りなかったのだ。

思えば、城で暮らしながらも非常に不便であったし、ある意味、この宮殿のような贅沢な暮らしとはまったく違っていた。だが、ユリアーナはそれを惨《みじ》めな生活だとは思っていなかったし、バルデン一族の圧迫さえなければ、なかなか楽しいものではあった。

ユリアーナはまだこの宮殿にしっかり根を下ろせていないが、いずれ子供を産み、育てるにあたって、やはり何かしらの自分なりの生活というものを確立しておきたかった。

ひとつは舞踏会など、女性を中心とした華やかなものだ。それによって男女が出会い、結婚することもできる。たまたまユリアーナはレオンハルトという外見も中身も素晴らしい男性と夫婦になれたが、世の中には強制されて好きでもない相手と結婚させられることは多い。

特に、親同士が決めた結婚。そして、やはり政略結婚のようなもの。お金が絡んだ結婚。いろいろあるものだ。それをすべて否定するわけではないが、できることなら相性のいい男女が結婚して、末長く幸せになってもらいたいと思っている。

舞踏会などはそのお手伝いをするためのものだ。他にも何か役に立つかもしれない。たとえば、スパイを忍び込ませて、会話を盗み聞きさせて、謀反《むほん》を企む者を摘発するとか。いや、それはユリアーナの本意ではないが、もしレオンハルトが舞踏会を嫌がるならば、そういう説得方法もあると思っていた。

問題は、そうした説得をする暇もなく、彼がユリアーナの寝室から去っていくということなのだが。

いずれ、ちゃんと話をしなければ……。

だいたい、贈ってくれる宝石でさえ、彼は自分で持ってこないのだ。彼の側近が恭《うやうや》しく持ってくるだけだ。それに対して、ユリアーナはその場でお礼の手紙を書いて、側近に渡していた。

夫婦で手紙を出すなんて馬鹿みたい。

そう思いつつも、寝室ではいつもレオンハルトのペースに乗せられてしまうので、気がつけば、ユリアーナはベッドで組み伏せられて、お礼を言うどころではなくなっていた。

だって……彼はキスだけですごいんだもの。

もしかして、レオンハルトと真面目な話をしたいときは、ちゃんと側近の者に時間を確保してもらうべきなのだろうか。

そう。やっぱり、夜は話ができないわ。

昼間にすべきなのよ。

舞踏会では寄付金を募ることも考えていた。裕福な者からそうでない者に対する援助が必要だ。ただ贅沢なだけの催しはよくない。楽しみながら寄付金を出してもらい、それをたとえば貧しい人達、怪我や病気をして働けない人達、親を亡くした子供達のために使いたい。

ユリアーナはそれを皇妃の仕事としてやりたかった。一兵士から皇帝となったレオンハルトにならこの案に賛成してもらえるのではないかと思うのだが……。

問題は、皇帝の時間をどうしたら割いてもらえるか、だ。

今度、彼の側近が宝石を持ってきたなら聞いてみよう。お礼の手紙に書くという方法もあるものの、本人にちゃんと読んでもらっているかどうか定かではないのだ。ローエに相談して、そちらからなんとかしてもらおうとしたのだが、今はまだ上手くいっていない。

とりあえず、今できることをしよう。ということで、今日はユリアーナが企画したピクニックに出かけることにしていた。

最初なので、まずはお付きの女官達とハンナを連れて、近くの森へ出かけることにした。護衛も一緒だ。ユリアーナは出かけるのは自由なのだが、護衛の兵士達は絶対につけなくてはいけないらしい。

そんなわけで、ユリアーナとその一行は食事を詰めたバスケットや敷物を馬車に乗せて、森の中へと出かけたのだった。


レオンハルトは執務室で山のように積んである書類を読んでいた。

執務室は宮殿の一番見晴らしのいい部屋にあり、レオンハルトの机からは宮殿の前の広場がよく見える。そのせいで余計な陽射しが入ることもあったが、レオンハルトはそもそもこうした場所で仕事をするよりも、外で身体を動かしたい人間なので、せめて外がよく見える位置に机があるほうがありがたかった。

最近はよく書類仕事ばかりしている。世の中が平和な証拠であるものの、それでも剣の稽古《けいこ》などしたくてたまらなくなってくる。

戦いがないことはいいことなのだが……。

宮殿にいるからこそ、毎日ユリアーナを抱けるのだ。彼女のことを思うと、顔が勝手ににやけてきてしまう。ここにいるのは自分一人ではなく、側仕えも控えているし、秘書もいる。なんとか顔を引き締めて、次の書類を手にした。

「これは……なんだ?」

「はい、なんでしょう」

秘書が自分の机を立ち、素早くやってきた。

「女官長のローエからの書状です」

「見れば判る。日付けは三日前ではないか」

「女官長から陛下に直々に書状を渡すということは前例がなかったため、橋渡しをする者がおらず、巡り巡ってやっと届いたようです」

レオンハルトは顔をしかめた。

そういうことでは困る。自分が書類を何日も溜めていたならともかく、そうではないのだ。女官長からのものなら、即日届くようにしてもらわないといけない。

内容はなんと皇妃との話の場を設けてほしいという要望だった。

ユリアーナと毎日会っているのに、改めて話の場を設けるとはどういう意味だろうか。

だが、よく考えてみると、彼女とは夜しか会っていない。しかも、夜着姿の彼女を見ると、話をするどころか、そのまま抱き締めてキスをして、ベッドに押し倒してしまっている。

そして、終わったら、そそくさと部屋を出てきているのだ。

なるほど、話がしたくても、まったくできていない。

けれども、一体なんの話があるのだろう。レオンハルトは彼女をとにかく可愛く思っていて、愛おしくてたまらないのだが、そうしたことを口に出すのは苦手だ。女を褒《ほ》めるのに使う言葉は『美しい』しか思いつかないのだ。

話が苦手だからこそ、ほとんど無言でいられるベッドで彼女を抱いているというわけだった。情熱をぶつけて、それで彼女に自分の気持ちが伝わってくれればいいと思っている。

それに……宝石を贈っている。彼女はいつも律儀《りちぎ》にお礼状を書いて、側近に渡してくれるので、レオンハルトはそれをすべて机の引き出しの中にこっそり忍ばせていた。

ただのお礼の言葉しか書いてないのだが、彼女がいつもつけている香水の香りがしていて、手紙を開くたびに彼女と一緒にいるような気になる。

彼女が昼間会いたいというのなら、こちらは異存ないのだ。

私だって、たまには寝室以外でも会いたい。しつこくして嫌われたくないという気持ちと、何を話していいのか判らないということがなければ、いつでもいい。

とりあえず、向こうから話があると言ってきているのだから、これを口実にすればいい。

「女官長を呼んできてくれ」

側近はすぐにレオンハルトの命令に従って、ローエを呼びにいった。しばらく書類を片付けていると、ローエがやってくる。

「皇妃様のことでしょうか？」

「ああ。彼女は今、何をしているんだ？　時間があるなら、今から会ってもいいが」

「皇妃様は女官達と森に出かけています」

レオンハルトは眉をひそめた。

「どういうことだ？　一体何をしに？」

「森の中に湖があるのをご存じでしょう？　ピクニックにお出かけになられたのです」

「ピクニックだと？」

「つまり、敷物を敷いて、その上で食べたり飲んだり……」

「それは判っている。だが、私はそんな話は聞いていない！　それに護衛はどうしたんだ？」

彼女が女官だけを連れていって、遊びに出かけたというのが心配で、思わず大声を出してしまった。ローエはおろおろしていて、落ち着きを失っていた。

「ご、護衛はちゃんとつけています。あの……いけなかったのでしょうか？　皇妃様がお出かけになるときは、陛下に許可が必要でしたか？」

もちろんそんな規則はない。レオンハルトはつい声を荒らげてしまったことを反省した。兵士相手なら、このくらいは当たり前だが、女性にはもっと優しい言葉をかけてやらなくては怖がられるだけだ。

「いや、大丈夫だ。湖のある森なら、それほど遠くない。女官長が行き先を把握《はあく》しているなら問題ないし、護衛がいるなら安心だ」

ローエは少しほっとしたように微笑んだ。

「ああ、皇妃様の心配をなさっていたのですね。もし、お時間が許すようでしたら、陛下も森に行かれてはいかがでしょうか」

「……迷惑ではないのか。せっかく宮殿から出て、羽を伸ばしているだろうに、私の顔など見たくないかもしれない」

うっかり本音が出て、しまったと思ったが、ローエは顔をほころばせた。

「皇妃様は歓迎なさいますよ。ぜひとも陛下に聞いてほしいことがおありになるようですし、思いがけなくお会いになられたら、喜ぶに違いありません」

ローエは少なくとも自分よりユリアーナのことを知っているに違いない。その人物がこう言ってくれているのだから、出かけてみるのも悪くない。

レオンハルトは咳払いをした。

「そうだな。身体もなまってきたことだし、馬で出かけてみようか。護衛はいるにせよ、心配だ」

「そうですとも。皇妃様は大切になさらないと」

上手くローエに乗せられているような気がしないでもないが、ピクニックを楽しむユリアーナを見たいという気持ちには抗《あらが》えない。

もし、彼女が自分に会えて喜んでくれるなら……。

可愛らしい彼女の顔が見たくてたまらなくなってきた。

「よし。行くことにしよう」

レオンハルトはローエを帰し、書類の選別を秘書に任せて、厩舎《きゅうしゃ》へと向かった。

ユリアーナは敷物の上に座り、水辺で戯《たわむ》れている女官達を眺めていた。

皇妃付きの女官ともなれば、いい家から行儀見習いで来ている娘達で、しばらく勤めてから結婚するらしい。中には、宮殿で働くことを選ぶ者もいるし、一旦、結婚しても寡婦《かふ》になって再び宮殿に来る者もいる。

ともかく、下働きの者でなければ、だいたい家柄のいい娘達ばかりで、彼女達を通して、何か催しができないかと、ユリアーナは考えていた。

こうしたピクニックを大がかりにするだけでもいい。だいたい湖に来るなら、若者が必要だ。そうでなければ、舟遊びも楽しめない。せっかく桟橋《さんばし》や小舟があるというのに。

兵士に頼めば舟くらい漕《こ》いでくれそうだが、護衛で来ているのに、そんな仕事までやらせるのも気の毒だ。

わたしは舟くらい漕げるんだけど……。

バルデン一族という輩がいたために、何があってもいいようにと、いろんなことを覚えたが、そのひとつは舟を漕ぐことだ。しかし、皇妃がそんなことをするのは、やはりはしたないと思われるだろう。

若者がいて、若い娘と舟遊びをするのが一番だ。政略結婚だとか、親が決めた結婚でも、一応、そうした体験を持ってから結婚したほうが仲良くなれるかもしれない。

自分のときのように、いきなり結婚を言い渡されるより、ずっといい。

それにしても、森の中は気持ちが安らぐ。風に揺れる木々の音やさざ波の音が聞こえてきて、自然の中にいることにほっとした。

宮殿の中は人が多すぎるし……。

ギリアス帝国の宮殿なのだから、人がたくさん集まり、その結果、働く者達も大勢いるのは当たり前のことなのだが。

ユリアーナはパイを摘まんで、頬張った。自然の中で食べると、いつもよりおいしく感じる。

ここにレオンハルトがいてくれると嬉しいんだけど……。でも、無理よね。

皇帝陛下がこんなところに来るわけがない。彼はいつも忙しそうにしている。だから、昼間、顔を合わせることもないし、宝石だって自分では持ってこずに、側近が持ってくるのだ。

わたしは彼から直接もらいたいのに。

ふと、ユリアーナは馬が何頭か駆けてくる音に気がついた。護衛の兵士達は緊張したように、ユリアーナを守るように走り寄ってきて、銃剣を構える。

ここは別に公共の場所だから、誰が来てもいいのだが、よからぬ輩であれば困る。ユリアーナも緊張して、近づいてくる馬を待った。

森の小道を駆け抜け、湖のほとりにやってきた馬を見て、ユリアーナは驚いた。

「レオン！」

レオンハルトとその護衛の兵士達だ。まさか皇帝がこんなところにやってくるとは思わなかった。ユリアーナを守ろうとしていた兵士達も銃剣を下ろし、緊張を解く。

「どうしてここに？」

ユリアーナは立ち上がり、馬から下りた彼に近づいた。

相変わらずにこりともしない。二人だけのときは、微笑んでくれることが多くなってきたというのに、昼間はやはり厳しい顔つきをしている。

もしかして、わたしは呑気《のんき》にピクニックに来てはいけなかったのかしら。

なんとなく非難されているような気がして、ユリアーナはそう思った。

レオンハルトは咳払いをひとつすると、口を開いた。

「女官長からの書状をもらった。何やら話があると」

「えっ……。あ、ああ、そうね。でも、あなたの時間のあるときでいいのよ」

「今がその『時間のあるとき』だ」

「そうなの？　えーと、じゃあ、とにかく立ち話もなんだから、そこに座って」

ここには気の利いたベンチもない。もちろん応接のためのソファも。仕方なく敷物を指差すと、彼は躊躇《ためら》いもせずにそこに座った。

そういえば、彼は戦場で野営もして、兵士と共にどんなところでも寝られるらしい。敷物に座るのも別になんとも思わないのだろう。

ただ、相手が皇帝だと思うと、こんなところに座らせてもいいのかと、こちらは考えてしまうのだが。

女官達は気を利かせて、少し離れた所に控えている。ユリアーナは彼の隣に腰を下ろした。広げているバスケットに詰めていた食べ物が目に入り、彼に勧めてみる。

「せっかくだから、何か召し上がる？　このパイ、すごくおいしかったのよ。それとも、何か飲み物のほうがいいかしら。ワインがあるけど」

彼が乗って来た馬は、護衛の兵士に湖に連れていかれ、おいしそうに水を飲んでいる。彼は馬の背に乗っていただけだが、同じように喉が渇いているかもしれないと思ったのだ。

「どちらももらおう」

ユリアーナはグラスを差しだし、それにワインを注いだ。こうした給仕は女官に命じればやってくれることだ。けれども、女官にさせることを想像したら、何やら胸の奥がモヤモヤとしてくる。

嫉妬《しっと》……なのかしら。でも、彼はわたしの夫なんだもの。

とにかく女官にさせるくらいなら、自分でしたほうがいい。

それに……彼に何かしてあげたかった。日頃は人の手がたくさんある宮殿にいて、彼は何不自由なく過ごしていて、ユリアーナが彼の手伝いをすることなんて考えられなかったが、ここでは違う。

彼に給仕することに、ユリアーナは喜びを感じていた。

彼はユリアーナが注いだワインを飲み、ユリアーナが手渡したパイを食べている。

「なるほど旨《うま》いな」

彼がそう言うと、ユリアーナはにっこり笑った。

ままごとをしているみたいだが、それでも嬉しい。彼が喜んでくれることで、何より幸せな気分になってくる。

「こんな静かな場所で食べると、妙なことにいつもより旨く感じる」

「そうでしょう？　わたしもたまには気分を変えたいと思ったんだけど……。でも、あなたの時間のあるときに、出かけていてごめんなさい」

わざわざここまで追いかけてくれるとは思わなかったのだが、手間をかけさせたことは事実なので謝ると、彼は驚いた顔をした。

「謝ることはない。最初は森に出かけたと聞いて心配したが、護衛をつけたと言うし、何も問題はない」

彼がきっぱりそう言ってくれたので、ほっとする。

こうして敷物に腰を下ろして、食べたり飲んだりしてくれているということは、それほど怒っていないはずなのだが、それでも彼がここに現れたときにはひやりとしたのだ。

彼の機嫌を損ねたのかと思って。

夫なのに、彼のことはなんにも判らない。見かけよりは優しい人だと知っているが、判っているのはそれくらいだ。

「宮殿での生活は息が詰まるか?」

「たまには」

そう答えた後で、後悔《こうかい》する。

「ごめんなさい。贅沢な暮らしをさせてもらっているのに」

「いや、私だって同じように思っている。確かに何不自由ない贅沢な暮らしだ。自分は何もせずとも、食事を作ってもらい、風呂の世話もしてもらっている。服も自分で洗濯する必要もなく、掃除もしかりだ。それには感謝しかないが、時には息が詰まる。外に出かけたくなってくる」

「まあ……そうなのね。わたしと同じ」

彼は叩き上げの兵士だったのだから、ユリアーナ以上に窮屈《きゅうくつ》さを感じていることだろう。

「おまえは生まれたときから城で暮らしてきたと思うが、ここでの生活とは違うのか？」

ユリアーナは顔をしかめた。

「メルティルはいろいろと問題のある国だったから……。ギリアス帝国とは違うわ。お城の状態はあなたも見たでしょう？　仕えている召使いの人数も少なかったし」

あの国で羽を伸ばし、思うままに贅沢していたのはバルデン一族だけだったのだ。王族は名ばかりで、与えられた予算で暮らしていたのだった。

レオンハルトは頷き、ワインをまた飲んだ。

「とはいえ、おまえは王女だった。人にかしずかれるのは慣れているだろう？」

「それは……そうだけど」

なんだか、彼とは違う種類の人間だと突き放されているようで悲しかった。王女として生まれついたのが悪いみたいに思えてくる。

でも、王女でなければ皇妃にもなれなかったわ、きっと。

出会うことすらなかっただろう。やはり自分は王女でよかった。

「それで、おまえは一体なんの話があるんだ？」

「実はね……」

ユリアーナは考えていたことをみんな話した。皇妃の仕事として、こんなことをしたいというのを熱く語ったのだ。

レオンハルトは何度か頷きながら、ちゃんと聞いてくれた。横暴な男なら、聞く耳を持たないが、彼は決してそうではない。

「判った。舞踏会については、私が苦手だからなるべく避けていた。だが、おまえが指揮を執ってくれるなら、やっても構わない。予算等については、それぞれ専門の者がいるから、おまえの許に向かわせよう」

「ありがとう！　レオン！」

本当は抱きついてキスをしたいところだが、人前だからやめておく。

彼は少し笑ってくれた。

「寄付を募るというのもいい考えだ。それを恵まれない者達に使うというのも。それで、具体的にはどうしようと思っているんだ？　ただ、金を配るだけでは解決しない問題がある」

「そうね……。世の中にはそうしたお金を狙う者もいるだろうし、特別にお金をもらっているということで妬《ねた》む人間もいると聞くわ。だから、施設を作りたいの。そうすることで、お金も回っていくでしょう？　施設で働く者も必要だし、そうすれば、多くの人が幸せになれるわ」

もちろんすべての人を幸せにできるわけではない。だが、自分が享受しているものをいくらか分け与えることはできる。

「おまえはなかなか頭がいいな。それに、他者を思いやることができる。こう言ってはなんだが、生まれながらの王女はもっと贅沢好きなのかと思っていた」

そう思われるのも判る気はする。彼はメルティルの王族達がどんな状況にいたのかを知らないのだから無理はない。

「王女といっても……いろいろあったのよ。あの国は長年バルデン一族のものと言ってもいいくらいだった。わたし達は普通の王族とは違っていたのよ」

彼は頷いてくれたものの、やはりユリアーナ達が取り巻かれていた状況というのを、正確には理解していないようだった。

彼の頭の中には、王女は王女なのだという考えがあって、そこからなかなか抜け出せないのだろう。

今すぐに理解してと言うのは、きっと無理なのね。

もし、こうした時間を一日のうち少しでも設けてくれれば、彼の考えを変えさせることができるかもしれないのに。

「おまえもいろいろ考えていたんだな。しかし、まさか女官から書状が届いて、時間をとってほしいと要望を出されるとは思わなかった。私達は毎日顔を合わせているのに」

その顔を合わせている時間に何をしているかを思い出して、ユリアーナは頬を赤らめた。

「でも、あなたはいつも自分の部屋に戻ってしまうから……。ゆっくり落ち着いて話をしたかったの。でも、どんなふうに連絡を取っていいか判らなくて。昼間はわたし達、ほとんど会わないから」

「そうだな。連絡がすぐに取れないというのはよくない。おまえが森に出かけるのを止める気はないが、やはり宮殿の外に出るときは知らせてほしい」

ユリアーナは頷いた。

「やっぱり、勝手に出ないほうがよかったのかしら」

「いや……その、知っておきたいんだ。夫として」

夫として。

その一言に、ユリアーナはドキンとした。

皇帝や皇妃としてではなく、夫婦として考えたら、互いのいる場所を知っているのは当たり前のことだ。

「わ、わたしもあなたがいつもどこにいるのか知りたいわ。あなたがどんなふうに昼間過ごしているか、全然知らないの」

勇気を出してそう言ってみると、彼は柔らかく微笑んだ。滅多に見せない表情に、ユリアーナは目を奪われる。

「私は宮殿にいるときは、執務室で書類を読んでいる。陳情書《ちんじょうしょ》も読んで誰かに指示をしたり、たとえば予算について承認のサインをすることもある。また会議もある。宰相や側近を集めて、国のことを話し合うんだ。一日に一度は馬に乗るし、身体を動かし、剣の稽古もする。身体がなまるといけないから。兵士達の様子を見て、宮殿の外に出かけて、国の施設を視察することもある」

「大変なのね……。皇帝の仕事も」

彼は肩をすくめた。

「忙しくしているほうが好きなんだ。怠《なま》けているのは好きじゃない」

ユリアーナは彼のことが好きになりそうだった。怠け者は好きではない。たとえ皇帝であっても。

「それなのに、わざわざ時間を割いて、こんなところまで来てくれるなんて……」

「おまえが望むなら、私はちゃんと時間を割く」

ユリアーナは彼に手を握られて、ドキッとする。彼は何も口説こうとしているわけではなく、真面目な顔をしている。

つまり、これは彼の本音というわけだ。

「わたし、いつでも望んでいるわ。あなたといろんなことを話したい」

「では、そうしよう。……ただ、言っておくが、私は話が下手だからな」

ユリアーナは目をしばたたかせて、彼を見つめた。

「あなたはちゃんと話してくれているわよ？」

確かに日頃はあまり話さないが、今日はたくさん喋ってくれている。それに、何を話しているのか判らないということはない。話が下手とはそういう意味ではないのだろうか。

「話すべきことがあれば別だ。いろんなことを話すとなると、何を話していいか判らない」

そういうことなのね！

いつもはあまり話さない彼は、別にユリアーナと話したくないわけではなかったのだ。

そう思うと、急に彼のことが可愛く思えてくる。

可愛いなんて言ったら、きっと機嫌を悪くすると思うから言わないけど。

ユリアーナはにっこり笑った。

「じゃあ、わたしが話すから、あなたはそれに答えてくれればいいわ」

「それなら、いいだろう。お互いすぐに連絡が取れるようにしておこうか」

彼も案外、嬉しそうにしている。ユリアーナはこれから彼ともっと仲良くなれそうな気がして、満足だった。

「ねえ……少し歩きましょうよ」

「ああ」

ユリアーナが誘うと、彼もすぐに承諾してくれた。

やっぱり、彼はわたしのことが嫌いではないんだわ！

ひょっとしたら、少しくらいは好かれているかもしれない。ユリアーナは思わず浮かれそうになる自分を戒めた。

だって、喜んだ後にガッカリするのは嫌だもの。

二人は立ち上がり、歩いていく。後からついてこようとする護衛を、レオンハルトは断った。

「遠くへは行かない。すぐに戻る」

彼はそう言って、ユリアーナの手を再び握った。ユリアーナは喜んで、彼に寄り添う。なんて素敵な散歩なの！

とにかく彼が自分に興味を示してくれているのが嬉しくてたまらない。森の小道を歩いていると、ふと彼は手を離した。そして、ユリアーナの肩に腕を回してくる。

「寒くはないか？」

「……ええ。大丈夫」

寒いどころか、今日は暖かい日だ。彼がそういう口実を使って、肩を抱いたのだとすぐに判った。

彼は本当に口下手なのだろう。部下や兵士達にはとても饒舌《じょうぜつ》に喋るのを見たことはあるから、女性相手に話すのがきっと苦手なのだ。演説はとても上手いのに、不思議なことだが、そのほうがユリアーナは嬉しかった。

彼が女性と見れば、誰でも甘い言葉を囁くような人ではないと判ったから。

肩まで抱いてくれるのは、わたしが相手だから……？

それとも、ユリアーナが単に彼の妃だからなのだろうか。だが、気に入らない相手であれば、たとえ妃だろうと、用もないのに肩を抱いたりしないだろう。

そう。ここで跡継ぎをつくるわけではないんだもの。

「こういう場所に来るのもいいな」

「そうね……。わたし、実は馬に乗るのも上手なのよ」

暗に、一緒に乗馬がしたいと言っているのだが、彼にはどうも通じなかったようだ。

「ほう。そんな感じには見えないのにな」

彼はユリアーナの乗馬の腕を知らないのだ。少しギャロップができるくらいにしか思っていないのかもしれない。

「一度、一緒に乗馬がしてみたいわ」

「そうだな」

彼は内心どう思っているのか判らないが、一応、承諾してくれた。少しもどかしい。自分にはもっといろんなことができると言いたいが、自分から言うのはなんだか能力をひけらかしているようで、鼻持ちならない感じがする。

「わたしは……普通の王女ではないのよ。何もできないわけじゃないの」

「判っている」

本当は判っていないと思うのだが、彼がそう言う以上、何も言えない。

そのうち、わたしのことも判ってもらえると思うけど……。

彼は一兵士から皇帝へと上り詰めたのだが、ユリアーナは生まれながらの王女だ。その間にある壁のようなものを取り除こうと必死だった。それとも、その壁があると錯覚しているのは、自分のほうなのだろうか。

その壁さえなければ、もっと親密になれるのに……と。

とにかく、もっと話す機会を設ければ、きっと二人は判り合えるようになるはずだ。ユリアーナはそう願っていた。

ふと、ユリアーナは何かの鳴き声がすることに気がついた。

「ねえ……何か聞こえない？」

「……猫か？」

「子猫よ、きっと」

ユリアーナは彼から離れて、子猫の鳴き声のする藪《やぶ》のほうへと入っていく。

「待て、ユリアーナ。何かで怪我をするかもしれない」

「でも……」

「私が行く」

彼はユリアーナを小道のほうに連れ出して、自分が藪の中へとずんずんと入っていった。

確かにドレスに華奢な靴を履いている自分より、ズボンにブーツを履いている彼のほうが、そういった場所に入っていくのに便利だ。しかし、皇帝を藪の中に入らせてしまって本当によかったのだろうか。

レオンハルトは自分の夫ではあるが、この広大な帝国の皇帝なのだ。何かあったら大変なのは、自分より彼のほうだ。

少し気を揉んだが、彼はすぐに戻ってきた。彼は小さな子猫を大事そうに抱えている。

「まあ、やっぱり子猫なのね！」

ユリアーナは彼から子猫を受け取り、胸に抱いた。

「前脚を少し怪我している。親猫とはぐれたんだろう」

草か枝で切ったのだろうか。血はすでに固まっているが、確かに傷がある。挫《くじ》いたとか骨が折れているとかではなさそうだった。薄汚れていて、痩《や》せている。どのくらいの月齢か判らないが、親猫とはぐれたら生きていけないのではないだろうか。

「連れて帰ってもいいかしら」

というより、連れ帰る以外の選択肢は、ユリアーナの中にはなかった。この小さな猫を見捨てて帰るなんてことは絶対にできない。

「宮殿に連れて帰る？　まさか、おまえが面倒を見るつもりか？」

レオンハルトは渋い顔をした。

もしかしたら、本当は猫が嫌いなのだろうか。だが、藪の中から助け出したのは彼自身なのに。

「お願い！　絶対に迷惑はかけないから！」

宮殿は広い。猫が一匹いたところで大した騒ぎにはならないはずだ。

ユリアーナが頼むと、彼は渋々頷いた。

「……いいだろう」

「ありがとう！」

ユリアーナは子猫を抱いたまま背伸びをして、彼の頬にキスをした。

驚いたように目を丸くした彼の顔を見て微笑む。

彼は悪い人じゃない。冷酷に見えるところはあっても、心の中はきっと温かい人なのよ。

ユリアーナは今やそれを信じて疑わなかった。

レオンハルトは子供の頃からずっと猫が好きだった。

特に子猫は可愛い。

本当のことを言えば、抱いて連れ帰りたいのは、レオンハルトも同じだった。しかし、子猫が好きだとは、口が裂けても言えないし、知られてはいけないと思っていた。

何故なら、私は皇帝だからだ。

軍を率いる皇帝として、やはりこういった可愛いものが好きだと周囲に知られると都合が悪い。

冷酷な男だと——敵や裏切り者には容赦をしないと言われているのだ。そういった評判は役に立つ。強い男だと知られれば知られるほど、相手が萎縮《いしゅく》する。決して弱みを見せてはならない。まして、弱きものに情けをかける男だと知られれば、それにつけ込む輩が現れないとも限らない。

子猫が宮殿にいて、いつもユリアーナの傍にいるとなると、かなり危険だ。ユリアーナだけでも可愛いのに、それに子猫が加わったら最強だ。つい情に負けて、ユリアーナと一緒に子猫を構いたくなってきてしまうではないか。

それはまずい……。

とにかく、子猫に触りたいなどという素振りは見せぬように我慢していた。

ユリアーナと子猫。

やはり可愛い。

レオンハルトは一人と一匹から目を逸らした。

だが、もし自分の子供が生まれたらどうなるのだろう。もちろん赤ん坊も可愛い。自分の子なら尚更だろう。ユリアーナなら、その子を抱いて、可愛がるに違いない。

ユリアーナと赤ん坊。

これも最強だ。強い皇帝として威厳を示すために、ユリアーナと距離を置くべきではないのか。いや、それはやはりよくない。彼女が何をしているのか、どこにいるのか、必ず把握しておきたいからだ。

宮殿の中なら安心でも、外に出るとなると別だ。護衛がいて安心だと判っていても、せめて行き先だけは絶対に知っておくべきだ。

これは夫としての務めだ。他意はない。妻の安全に気を配るのは夫の役目だからだ。

決して……ユリアーナが可愛いからではない。

いや、実際はとても可愛らしいのだが。

好きだからでも愛しいからでも、まして愛しているからでもないのだ。

レオンハルトは子猫に話しかけるユリアーナを横目で見ながら、必死で自分の気持ちを抑えていた。


夜になり、いつものように寝室を訪れたレオンハルトを見て、ユリアーナは胸が高鳴った。

今まで夫婦として過ごしてきて、彼のことは好きになりかけていたが、今日のように昼間を一緒に過ごしたり、たくさん話をしたから、余計に好きになってしまっている。

彼のことを知れば知るほど、好きになっていく。彼のほうはどうなのだろう。少しくらい、ユリアーナを好きになってくれているのだろうか。

そうであってほしいと願っている。義務だけでこの寝室を訪れているとは、思いたくないから。

「さっき会ったばかり、という感じがするな」

彼が話しかけてくれて、ユリアーナはにっこり笑った。

彼は何かというと、いきなりキスをしてきたり、抱き締めてきたりして、すぐにユリアーナの理性を奪って、話なんかまったくしようとしなかったからだ。

もちろんキスも抱擁《ほうよう》も好きだけれど。

それればかりでは、少し淋しい。話したほうが互いのことを知ることができる。それに、キスや抱擁が加われば嬉しいと思っていた。

「子猫は洗ってあげたら、とても可愛くなったのよ。名前はベルってつけたわ」

「メスなのか？」

「そうよ。とっても可愛いの。あなたのおかげよ」

「私のおかげ？　私は何もしてないが？」

「藪の中に入って、ベルを助けてくれたじゃないの！」

　ユリアーナは自分から彼の腕の中に飛び込んだ。彼は一瞬たじろいだが、ユリアーナの背に手を回してくる。

　いつもは彼のほうから性急に抱き締めていたから、戸惑っているのだ。けれども、ユリアーナはいつもと違って、彼にもっと自分の気持ちを示したいと思うようになっていた。

　これも、今日の昼、一緒に過ごしたせいかもしれない。

　彼に対して構えるところが減ったのだ。

　わたしが何をしても、彼は受け入れてくれる。

　そこまで思い上がっているわけではないが、彼には広い度量があると判ったから、自分が彼に気持ちをぶつけても受け止めてくれると思ったのだ。

　わたし……やっぱり彼のことが好き。

「猫はおまえの好きなようにするといい。それより……」

　彼は唇を奪った。ユリアーナは彼の首に両腕を巻きつけて、キスを返した。彼に愛情表現をしたくてたまらなかったからだ。

愛情……？

わたし、彼を愛しているの？

そこまでは判らない。誰か男性を愛したことは一度もない。これが愛だという確信もなかった。

ただ……ただ、彼を愛しく感じる気持ちはある。

女性には話し下手だったり、森にピクニックに出かけただけなのに心配してくれたり、藪の中に自ら入ってくれたり……。

彼も少しくらいわたしに対して感じるところがあればいいんだけど。

こんなに優しくキスをしてくれるんだから、何も感じてないことなんてないわよね？

そう思いつつも、彼の気持ちはまだ読めない。ユリアーナはまず自分の気持ちを態度に表すことにした。そのうちに、彼もそうしてくれるようになるかもしれない。

唇を離すと、目が合った。彼の瞳に見つめられるだけで、ドキドキしてくる。

「今日は……化粧着を羽織ってないんだな」

「だって……すぐ脱がされるから」

ユリアーナはもじもじしながら答えた。自分から脱いでおいたなんて、抱かれたくてたまらないみたいだ。実際そうだったが、自分からわざわざそれを知らせたいわけではない。

「夫婦だから、恥ずかしがらなくてもいい。化粧着はいらない。もちろん……これもだ」

彼はユリアーナの夜着を摘まんだ。

「裸で待つの？」

「たまにはそれもいいだろう。……脱いでみせてくれないか？」

「えっ、わたしが脱ぐの？」

彼は頷いた。

期待に満ちた眼差しを見ると、何か抗えないものを感じた。命令されたからではなく、なんだか身体がゾクゾクしてくるからだ。

ユリアーナは彼に背を向けて、夜着を脱ぎ、少し躊躇った後、それを近くの椅子に放った。

「こちらを向くんだ」

ドキドキしながら、胸を手で庇《かば》いながら少しずつそちらを向く。彼の目は輝いていて、笑っているようだ。

「隠すことはない。全部見せてほしい」

ユリアーナは恥じらいながら手を下ろした。

もちろん彼には身体のすべてを見られているが、自分で見せるのとは違う。いつもと異なることをすると、妙に気分が高揚してくるのを感じた。

「おまえは本当に綺麗だな……」

「恥ずかしいわ」

彼にこんなふうに見られることや、綺麗だと褒められることに照れてしまう。

「ベッドで私を誘ってみてくれないか」

「さ、誘うって?」

どういう状態なのか判らず、ユリアーナは戸惑った。

「まずは横たわってみてくれ」

彼の言うとおり、ベッドに横たわろうとしたが、急に恥ずかしくなってきてシーツを身体に巻きつけた。

「やっぱり……無理みたい。わたしには」

だが、彼は怒りはしなかったし、呆《あき》れたふうでもなかった。とても満足したような笑みを見せている。

「そういうところがいい」

「え、でも……」

「私の言うとおりにしようとするが、恥ずかしくてできない。そこがいい。隠さなくてはいけないものなど何もないのに、奥ゆかしい」

そうなのだろうか。よく判らない。けれども、彼が無理に自分におかしなことをやらせようとしているわけではないことにほっとする。

兵士には厳しいことも命令するが、ユリアーナには無理強いはしない。

「だって……恥ずかしいの。ダメかしら」

「ダメなんてことはない。ただ、もう少し私に慣れてほしいとも思う。私はおまえが何をしても、嘲笑《あざわら》うような真似はしない」

ユリアーナはこくんと頷いた。

彼がそういうことをする人間でないことはちゃんと判っている。人を馬鹿にしたりすることは絶対にない。

レオンハルトは自分の服を脱ぎ始めた。彼の裸は好きなのに、直視するのは何故だか恥ずかしい。

「シーツの下でいいから、自分の胸に触れてみるといい」

「え……」

シーツの下なら見えない。ユリアーナはごそごそとシーツの下に自分の手を差し込むと、胸に恐る恐る触れてみた。

乳房はずっと自分の身体についているものだから、わざわざ意識して触ったことはなかった。改めて触れてみると、柔らかくて心地いい。ただ、乳首は硬く尖《とが》っていて、そこだけがとても敏感になっていた。

思わずいつも彼がしてくれているように、乳首を指で撫でてみた。

「あ……やだ」

自分で触れているのに、何故か感じてしまう。

彼が目の前にいて、脱いでいるせいかもしれない。しかし、目を逸らそうとしても、逸らせなかった。

わざとじゃないかと思うくらい、ゆっくりと脱いでいる。いや、わざとのような気がする。ユリアーナが自分の胸に触れて、どんな反応をしているのか、脱ぎながら観察しているのだ。

乳首を自分で弄っているだけでなく、感じてしまっていた。それがとても恥ずかしいが、反面、もどかしい気もしてくる。

もっと気持ちよくなりたい。

たとえば、もっと他の部分も触れてみたい。

でも、そんなことはできない。特に彼の前では。

身体が熱くなってきて、顔も火照《ほて》ってきた。ユリアーナはもぞもぞとシーツの中で脚を動かした。

「他のところも触れてみたいんじゃないのか?」

彼はユリアーナが感じる場所をちゃんと知っている。

「でも……」

「シーツの下なら見えない」

直接見えなくても、触っているのは判るだろう。ユリアーナは躊躇ったが、我慢できずに自分の脚の間に触れてみた。

そこが熱く潤っている。いつでも触れていいと言わんばかりに。

ユリアーナは誘われるように、敏感な芯の部分をそっと撫でた。途端に、快感が走り抜けて、ビクンと身体を震わせる。

「あ……あんっ……」

「どうだ?　柔らかくなっているか?」

「……ええ」

「濡れている?」

「そうよ……」

「どんなふうに？」

どんなふうにと訊かれて、ユリアーナは返答に困った。

「あ、あの……すごく……濡れているの。中から溢れ出てくるみたいに……」

少し触れただけで、じんわりと蜜が溢れてくる。たちまちそこはびっしょりと濡れていき、熟れた果実のように柔らかくなっていた。

「指を中に入れてみるといい」

ユリアーナはごくんと唾を飲み込んだ。

自分で中に指を入れるの？

痛くないことは判っている。しかし、今まで一度も自分でやったことはない。だが、彼の指なら何度も挿入されてきた。

恐る恐る差し入れてみる。

「どうだ？」

「や、柔らかくて……熱いわ。わ、わたし……なんだか……」

指が勝手に動いていく。気持ちいいことをしたくてたまらないのだ。そこを刺激していると、我慢できなくなってくる。

彼に見られているのに……。

恥ずかしいのに。

もう止められないの。

何かに導かれるように、ユリアーナは内部に指を出し入れしながら、もう片方の手で最も敏感な部分を弄っていく。

「脚を立てて……開いてみると、もっと気持ちいいかもしれない」

彼の言うとおりのことをしている。確かに、そうかもしれない。シーツで隠れているとはいっても、両手を動かしているせいでシーツはずり落ち、覆われているのは下半身だけだった。

身体が快感に震えている。彼の見ている前で昇りつめそうになっている。それは避けたいと思いつつも、次第に我慢ができなくなってくる。

「こんなに美しくて淫らになれるなんて……」

彼はようやくすべて脱ぎ終わっていた。ベッドに上がると、下半身を覆っていたシーツを取り去った。

「いやぁっ……」

ユリアーナは泣きそうになりながら、必死で首を横に振った。しかし、手は止められない。もう少しで絶頂に向かいそうだったからだ。

「そのままでいい」

彼はユリアーナの身体を横たえると、太腿をぐっと押し広げて、指で弄っている部分がはっきりと見えるようにした。

「さあ……」

彼は愛撫を再開しろと言っているのだ。実際、言われるまでもなく指は勝手に動いてしまっている。やめろと言われても、もうやめられないところまで来ていた。

自分で刺激しているところをこんなに近くで見られてしまうなんて……。

意地悪。

でも、それが本当に嫌というわけではないのだ。

ユリアーナは彼に見られながら指を動かし、とうとう絶頂へと昇りつめた。

快感の余韻《よいん》が続いているが、彼はユリアーナの手を退けて、己の猛ったものをそこに押し当てた。

「えっ……ああっ……」

快感にまだ震えが止まらない身体に、彼は杭《くい》を打ち込んだ。ユリアーナの口から甘い声が飛び出した。

声を止めることもできない。快感に打ち震えていたのに、引き続きまた新たな快感の渦《うず》

に巻き込まれている。ユリアーナは今まで感じた経験よりもっと深く感じ入って、自分が壊れてしまいそうな気がした。

感じすぎてつらい。けれども、もっと感じたい。

相反した思いに引き裂かれそうになりながら、身体だけは再び熱くなっていく。

こんなの……初めて。

やがて、彼は熱を放ち、ユリアーナもまた再び絶頂を迎えた。

続けざまに感じて、すっかり疲れてしまった。それでも、しっかりと抱き締められ、情熱的に唇を貪《むさぼ》られると、ユリアーナは幸せを感じた。

今日はいつもと違う。

これも昼間、二人で話す機会が持てたからなのだろうか。

彼は少し意地悪だったけれども、冷たいというわけではない。彼の根底にある優しさというものは、ちゃんと感じられた。

そうでなければ、自分はこれほど感じたりしないのではないだろうか。

彼とは身体だけの結びつきではない。心のどこかで結びついていると思うから、少しの意地悪くらいは受け入れられるのだろう。

結局のところ、ユリアーナはこれほどまでに興奮して、感じたのは初めてだった。

彼は身体を離した後も、ベッドから出ていかなかった。ユリアーナを腕に抱き、何度も短いキスを繰り返している。

もしかしたら……ずっとここにいてくれるかもしれない。

ユリアーナはキスを返し、彼の身体に腕を絡める。

わたしの傍にいてほしいの。せめて夜の間だけでも。このままここにいて。

そんな願いを心の中で唱えながら、やがて眠りに落ちていった。

第四章　皇帝は子猫がお好き？

ユリアーナが目覚めると、レオンハルトはもうベッドの中にいなかった。

昨夜、確かに一緒に眠ったと思ったんだけど……。

彼は早起きだと聞くから、ユリアーナよりずっと早く目が覚めて、今頃、乗馬でもしているのかもしれない。

彼の寝顔を見てみたかったのに……。

今まで一度もユリアーナは彼の寝顔を見たことがない。夫婦といっても、普通の夫婦ではない。皇帝と皇妃であり、政略結婚だ。それでも、普通の夫婦みたいなことはするのだから、同じベッドで寝起きしたかった。

それを望むのは無理なのかしら……。

レオンハルトは他の人より警戒心が強い気がする。ユリアーナに心を開きかけたかと思うと、また閉めてしまう。彼のことが理解できそうなところまで来ても、彼は容赦なくその扉を閉めてしまうのだ。

彼のことをもっと知りたいのに。

もっと近づきたいのに。

ユリアーナはもどかしくて仕方なかった。

やがて、子猫のベルを拾ってから、一週間ほどが過ぎた。

ベルはすっかり人気者になって、女官達から可愛がられている。そのおかげか、少しずつ元気になってきて、小さいながらも成長してきた。

きっと甘えん坊で健康な猫になるわね。

レオンハルトとは毎日、昼間も会うようにしている。彼に用事がある場合は別だが、少しずつでも話をしていくうちに、二人の距離は縮まってきた気がする。とはいえ、まだ彼の気持ちが判らないところもあった。

彼はユリアーナの傍にベルがいると、露骨に嫌な顔をする。

猫が嫌いなのかと訊いても、別にと答えられる始末で、彼がベルのことをどう思っているのかさえ、摑めないのだ。

当然、ユリアーナのことをどう思っているのかも判らない。

優しくしてくれるし、気遣いもしてくれる。宝石はもういらないと言ったら、今度は異国の扇子《せんす》だとか、エキゾチックな香水だとか、小さな天使の絵画だとかを贈ってくれるようになった。

せっかく贈ってくれるものにケチはつけたくないが、物より手紙のほうがずっといい。彼が自分のことを気にかけてくれているという事実だけが、ユリアーナにとって大切なのだから。

彼が心を込めて書いてくれる手紙だったら、どんなにいいだろう。

そんなわけで、せっかく会える時間を有効に使いたいから、彼と話す間には、ベルをハンナに預けることにした。猫の話をするより、もっと彼のことを知りたいのだ。

ユリアーナも自分のことを話すようにしていた。

メルティルでどんな暮らしをしていたのか……。

彼にも、少しずつユリアーナが呑気に暮らしてきたわけではないことが判ってきたようだが、やはり生まれながらの王女という印象のほうが大きいみたいだった。

なかなか上手くいかないけれど、それでも努力していれば前進するに違いない。

少なくとも、結婚前よりは前に進んでいる。以前はそれこそ、政略結婚そのものを恐れていたし、自分の未来を思い描くことすらできなかった。

だって、人質同然だと思っていたんですもの。

ただ跡継ぎを産んで、放っておかれるだけなのかとばかり。

今は違う。彼は寄付金を集める舞踏会のことや、孤児院などの施設をつくる話の相談にもちゃんと乗ってくれる。

冷酷な皇帝なんかではないわ。

もちろん、そういう面があることは知っている。実際見たからだ。厳しいところもあるが、大帝国の皇帝なのだから、それは仕方のないことだ。その分、ユリアーナが彼の手が回らないところをやれば、彼を助けることにもなる。

ユリアーナはただ跡継ぎを産むだけの存在にはなりたくなかった。

皇妃となったからには、皇帝の手助けをしたい。ギリアス帝国を彼がどのようにしたいのかはまだ判らないが、それでも国民がみんないい暮らしができるように尽力したいと思っていた。

それが皇妃の務め。

いや、皇妃の務めのひとつでもあると信じている。

今日もユリアーナは彼が話をしに来てくれるのを居間で待っていた。彼の部屋と自分の部屋の間にある居間のことだ。二人が寛げる場所でもあるが、結婚した当初はほとんど使われることはないのではないかと危惧《きぐ》していた部屋でもある。

大きく座り心地のいいソファに腰かけ、ユリアーナは本を読んでいた。本は大好きで、よく読んでいる。メルティルの城には古い本しかなかったが、ギリアスの宮殿の一室には新しい本もたくさん並んでいて、ここで暮らす者なら、誰でもいくらでも好きなだけ読むことができるのだ。

レオンハルトのそういった気前のよさが、ユリアーナはとても好きだった。

貴族でも庶民でも分け隔《へだ》てない。ただ、それが気に食わない貴族もいるという。それを抑えていられるのは、彼が軍隊を掌握しているからだ。彼自身が一兵士から実力で徐々に出世していき、みんなの尊敬を勝ち得ている。だからこそ、彼は強大な権力を持っているのだ。

そんな彼を、ユリアーナも尊敬していた。冷酷に振る舞うことが必要な場合だってあるだろうが、やはり彼は公平な心を持ち、根はとても優しいのだと信じている。

扉が開くと、レオンハルトが入ってきた。

ユリアーナは本をテーブルの上に置いて立ち上がり、微笑んだ。

彼はふと立ち止まり、ユリアーナをしげしげと眺める。

「そのドレスは……よく似合っている」

めずらしく褒めてくれた。彼は滅多にユリアーナのドレスを褒めたりしない。気に入っていないわけではないようだが、言葉はかけてくれないのだ。

彼は恐らくそういった褒め言葉をかけるのが苦手なのだろう。

「ありがとう、レオン」

ペラペラと饒舌に褒められるより、たまにこうして飾らない言葉で褒められるほうがずっといい。彼の人間性を信じていれば、本音で話してくれていることが判るからだ。

というより、本音でなければ決して言わないだろうと思う。お世辞なんかとは無縁な人だから。

こうした瞬間に、ユリアーナは彼のことをとても愛しいと思うのだ。

やっぱり、わたしは彼を愛しているのかしら……って。

でも、愛されているかどうかは自信がない。彼の心に愛情があるのかどうかも。あると思いたいが、ユリアーナの目にはまだ見えなかった。

レオンハルトはユリアーナの隣に座りながら、さり気なく辺りを見回した。

「今日は……猫はいないのか？」

「ハンナに預けたの。あなたは猫が好きではないようだから」

「いや、嫌いというわけではないが」

「そうなの？」

でも、嫌な顔をするし、なんとなくベルの存在が気になっているところがあった。猫嫌いでなければ、一体なんなのだろう。

彼はふと咳払いをした。

「おまえは猫がかなり好きなようだな?」

「ええ。もう可愛くて可愛くて。わたし、子供が生まれたら、こんなふうに可愛がってばかりいるんじゃないかと思うのよ」

「子供か……」

「子供は好き?」

彼のほうを見ると、眉を寄せている。

「まさか嫌い……?」

「いや、そうじゃない。好きか嫌いかと言われれば、好きだと思う」

なんだかはっきりしない答えだ。

彼には子供が好きであってほしい。というより、自分達の子供を可愛がってほしかった。彼も今は子供がいないから判らないだけで、赤ん坊が生まれたら、その可愛さに目覚めるのではないだろうか。

彼のような大柄な男性が小さな赤ん坊を抱いているところを想像して、ユリアーナの心は和んだ。

「跡継ぎが欲しいのよね？」

「もちろん跡継ぎは欲しいが、女の子でも構わない。丈夫であればいいんだ」

意外な言葉を聞いて、ユリアーナは嬉しくなった。

もしかしたら、自分は跡継ぎを産むだけの道具に過ぎないのかもしれないと思うときがあったからだ。

「わたしも……。健康な赤ちゃんが欲しいわ」

ユリアーナはまだ生まれていない赤ん坊を抱く仕草をした。大切にしたい宝物のように抱き、にっこり笑う。目を上げて、彼のほうを見たら、なんとも言えない強張った表情をしていて、愕然《がくぜん》とする。

「わ、わたし、おかしなことをしたかしら」

「いや……おまえは別におかしくない。……そうだ。赤ん坊は大事にすべきだな」

とってつけたように言われた、ユリアーナは落ち込むしかなかった。彼は実は子供がそんなに好きではないのか、それとも、まだ生まれてもいない赤ん坊を抱く仕草をした自分がおかしいと思われたのか……。

もしかしたら、両方かもしれない。

二人の間に沈黙が漂う。

「そうだ。前に話していた病院のことだが……」

強引に彼は話題を変えてきたので、ユリアーナもそれに話を合わせる。

「小さな病院はあるけれど、本格的に治療するとなると、ベッドが足りないのよね」

「入院施設を充実させた病院を造ろうかと思うんだ。戦いで怪我をした兵士達の治療のために造られた施設がある。そこを拡大するか、それとも別に建てるか……。予算の問題もあるから、すぐには無理だが、計画だけは進めておきたいと思っている」

ユリアーナは頷いた。

ギリアス帝国は近隣諸国との戦争を繰り返していて、領土は広がっているものの、そのせいで帝国内部の問題が山積みになっている。国民のことを考えるなら、せめて帝都で暮らす庶民達の生活を少し向上させないといけない。

いずれは、帝国内の問題すべてを解決しなくてはいけないが……。

それにはかなりの時間と富を要する。

ユリアーナは国民のためにと考えていたことがいくつもあるが、ひとつ気になっていたことがあった。

レオンハルトはまだ領土を拡大する気でいるのかどうかだ。

自分が口を出すことではないので、今まで黙っていた。何しろユリアーナの国も、今や彼の領土のひとつだからだ。非難しているように受け取られる恐れがあった。

でも、彼がどういうつもりでいるのかだけは聞きたい。戦争にはかなりのお金が必要だ。いくら計画していたことがあっても、急に彼が戦いに出かければ、お金は武器や弾薬などに変わってしまうかもしれない。

「もうしばらくはどこかの国と戦うことはないのかしら」

「それは……判らない」

彼は急に口が重たくなった。明らかにこの件について喋りたくないという雰囲気を出している。

「わたしが口を出すことじゃないのはよく判っているの。でも、この国はずいぶん領土を拡大したし、これからは内部を充実させるときじゃないかって……」

「そのことについては、私が決めることだ」

彼はきっぱりとユリアーナの言葉を遮った。

やはり、口を出すなということらしい。ユリアーナは小さく溜息をついた。

「ごめんなさい……」

「……いや、私が最初からきちんと線引きをしておくべきだった」

つまり、ユリアーナが入っていい領域は、彼の中ではもう決まっているのだ。それ以上、踏み込んではならないということを、はっきりと言い渡されたような気がした。

彼は国政に関して線引きをしたがっている。それは彼の内面に関しても同じで、いくらこちらが知りたいと思っていても、ひょっとしたら無駄な努力かもしれないのだ。

ユリアーナはひどく傷ついていた。

最初から踏み込んではならないのではないかという恐れを抱いていたのだから、ただ予感が当たったに過ぎないのに、ショックを受け、落ち込んでいる。涙を流さないのは、それが彼を困らせるだけだと判っているからだ。

それに……女が涙を流すのを卑怯《ひきょう》だと感じる男がいると聞いたことがある。

ユリアーナは卑怯だと思われたくなかったし、彼を困らせたくもなかった。こちらが勝手に体当たりをして、玉砕しただけなのだから。

そうね。国の方針にまで踏み込んだわたしが馬鹿だったのよ。

彼の口振りからすると、戦いはまたいずれ起こるのだろう。

それが悲しくて……。

誰かが血を流したり、命を失ったりしてほしくない。誰一人として。誰もが幸せに暮らしてほしかった。

それは無理なことなの……？

彼の心には愛があるのかしら。あると思っていたけれど、本当にそうなの？

戦いに関しては、彼はやはり非情で冷酷なのかもしれないと思った。


レオンハルトとの話は上手くいかず、結局、彼はすぐに執務室へと戻っていった。

ユリアーナのほうはハンナや女官達を連れて、気分転換に庭を散歩することにした。心は傷ついていたが、それをいちいち表に出していては、皇妃は務まらない。途中で会い、頭を下げてくる人々に対して、にこやかに笑顔を振りまいた。

宮殿の敷地の裏手には兵舎がある。近衛兵ではなく、宮殿を守る衛兵の宿舎だ。その隣には厩舎があり、たくさんの馬が世話をされていた。

その厩舎のほうから、馬番に厳しく注意をしている男の声が聞こえてきて、ユリアーナはそちらのほうに向かった。馬番はまだ少年で、そんなに厳しく言わなくてもいいのではないかと思ったのだ。

注意していた男は兵士ではなかった。

身なりもきちんとしていて、召使いなどではない。かといって、役人とか貴族とかでもなさそうだった。ただの庶民という感じでもないので、ユリアーナは首をかしげた。

でも……どこかで見たことがあるわ。

確か、結婚式や披露宴にいたと思う。隅のほうで居心地悪そうにしていたけれど、レオンハルトとは親しそうな気もした。

帽子をかぶっていたが、髪は薄く、かなり年を召している。ただ背筋はまっすぐで、足腰はしっかりしているように見えた。

その男はユリアーナに気がつき、慌てて帽子を取って頭を下げた。

「皇妃様……まさかこんなむさ苦しいところにおいでになるとは思わず……」

「いいえ、気にしないで。あの……結婚式や披露宴に出席なさっていましたよね？　レオンとは親しそうに話をされていたのを覚えています。お名前は伺っていなかったけれど」

彼は少し困惑したような表情になった。

「覚えておられるのですね？　儂《わし》はダールマンという者で、ただの退役軍人です。レオン……いや、陛下のことは少年の頃から知っているだけで、親しいというわけでは……」

ユリアーナははっとした。

少年の頃のレオンハルトを知っている。つまり、一兵士だった頃の彼を知っているということだ。

ダールマンから話を聞けば、レオンハルトのことが理解できるようになるかもしれない。

「お願いです！　レオンのことを聞かせてください！」

ユリアーナが手を組んで頼むと、ダールマンはますます困った顔になった。

「いや、皇妃様にお話しするようなことは……」

「わたしはレオンのことをもっと理解したいと思っています。でも、彼はあまり自分のことを話してくれなくて……。本当の彼はどんな人なのか知りたいんです！」

彼が頼みの綱なので、必死で頼んだ。すると、彼はようやく躊躇いつつも頷いてくれた。

「それほどお知りになりたいのなら、儂でよければ……」

ユリアーナは笑顔になり、宮殿のほうを示した。

「わたしのサロンにお越しになって。ゆっくりお話を聞かせてください」


ダールマンはユリアーナが日中よく過ごすサロンに通されて、居心地が悪そうだった。お茶やお菓子を前にして、帽子を手で掴み、もじもじとしている。だが、姿勢はよく、そこは元軍人だという感じがした。

女官達は別の部屋に行ってもらい、ハンナだけを残したのに、彼はまだ座り直したりしている。

「儂はこういうきらびやかな場所には縁がなかったもので」

「あら、実はわたしもなのよ」

本当のことを言ったのに、疑わしげな眼差しで見られてしまった。

「皇妃様はメルティルの王女でいらしたと思いますが」

「メルティルは貴族に牛耳られていたから、わたしはあまり贅沢な環境にいたわけではないんです。レオンにそう言っても、なかなか信じてくれなくて」

「レオン……いや、陛下は家柄のいい人間には偏見があるようなんです」

ユリアーナは頷いた。

「レオンでいいわ。というより、ただのレオンだったときのことを聞きたいの。ここにはわたしと侍女のハンナしかいないわ。どうか飾らない言葉で教えてちょうだい」

ダールマンは少し躊躇ったが、ようやく頷く。

「承知しました。これもレオンのためになると信じています。皇妃様はレオンのことを好いてくださっているんですね？」

「ええ。政略結婚のようなものだけど、末長く彼と幸せに暮らしたいの」

「それなら、最初からお話ししましょう。レオンと初めて会ったときのことから」

彼は遠い目をしている。昔のことを思い出しているに違いない。

「あの頃、儂は軍曹《ぐんそう》でした。ギリアスはまだ帝国ではなく、近隣の国と戦争を繰り返し、国中が疲弊《ひへい》していた。レオンは戦火で両親と家を失い、泣いていたところを見つけたんです。まだ六歳だったが、養ってくれそうな大人もいなかった。それで、妻も子もいなかった儂はあいつを引き取って、軍隊の中で育てることにしました」

「それじゃ……あなたがレオンの育てのお父さんなの？」

「滅相《めっそう》もない。昔の話ですよ。それに、儂は大して優しくはなかったし、厳しかったと思う。あいつに強くなってもらいたかった。そして、その願いどおりにどんどん強くなっていき、兵士として一人前になったかと思うと、たくさんの手柄を立て、出世も早かった。儂なんかすぐに追い抜かれたくらいです」

「その話は少し聞いたことがあります。噂話ですけど。勇猛果敢で、何も恐れずに突き進んでいったと」

ダールマンは肩をすくめた。

「その噂話にはいつも尾ひれがついていました。レオンは冷酷な男だと」

「ただの尾ひれなんですか？　本当は違う？」

「あいつは正義感が強く、規律に厳しい。捕虜《ほりょ》を虐待《ぎゃくたい》する者や裏切り者には決して容赦しなかった。少し手加減してやればいいのにと思うが、上に立つ者は甘く見られたら最後だ。いや、あいつの考え方はそうなんです。小さくひ弱な少年のときから軍の中で育ち、時にはいじめられたこともあったんでしょう。誰よりも強い自分を見せようとする。そうすることで、周りを威圧することができるから」

ユリアーナは小さな少年だった頃のレオンハルトを思い描き、胸を痛めた。彼はきっと一生懸命に生き延びようとしていたのだろう。

「レオンが冷酷な男だと噂されたのは、捕虜の虐待や裏切りなどの罪を犯した者に対して、厳しい処分を下したからなんですか?」

「ほぼそうでしょう。あいつは確かに厳しいが、無闇やたらと罰を与えたりしない。それどころか、下士官にさえ気遣いを示す。だからこそ、兵士達はあいつを崇拝《すうはい》し、やがては皇帝の位を譲《ゆず》られるに至ったんです」

ユリアーナはレオンハルトという人間がだんだん理解できるようになってきた。

「彼は……見かけは厳しそうですけど、根は優しいんですよね?」

「そうです。本来は優しい男だと思います。軍隊で育てたりしなければ、軍人になどならなかったでしょう」

「わたしは彼にもっと心を開いてもらいたいと思っているんですけど……」

ダールマンは首を横に振った。

「レオンはあまり心を開いたりしないんです。特に女性に対しては。というより、恋愛のひとつもしたことがないかもしれません。あいつの頭の中にあるのは戦うことばかりだった。今は国のことばかりのようで……」

「そうだわ。ひとつ訊きたいことがあるの」

ユリアーナは真剣な面持ちで尋ねた。

「彼はどうして領土をあんなに広げようとしているのかしら。もう充分だと思うのに。彼は戦うことが好きなんですか？」

「とんでもない！　戦いを生業《なりわい》としていたときだって、別に好きではなかったと思いますよ。あいつほど平和を望んでいる者はいないんです」

「でも……」

「信じてやってください。必要がなければ、戦うことはないはずです。戦うには必ず理由がある。たとえば、隣の国が政情不安で、厄介事《やっかいごと》を引き起こして、帝国にとばっちりが来るとか、向こうからちょっかいをかけてくるとか」

そう言われれば、メルティルが占領されて属国となった理由は、バルデン一族が別の国と組んで、帝国に戦いを挑もうとしたからだった。

「そうね……。そうかもしれない。だから、これから戦いがあるかどうか訊いたときに、答えてもらえなかったんだわ。でも、ちゃんと説明してくれればいいのに」

何も言ってくれないから、誤解が生じるのだ。どうして彼はそうなのだろう。

「だから、レオンは女に心を開くのが苦手なんです。別の世界の人間のように思っているのかもしれません。特に王女ともなれば、自分と育ちが違うと」

「まあ……」

その偏見を解こうとしているのだが、何度も失敗している。それなのに、どうやって心を開かせればいいのだろう。

「諦めないでくださいよ。長い年月がかかるかもしれませんが、見捨てないでやってください」

「見捨てるなんて……。わたしはレオンを愛していますから」

その言葉がするりと出てきて、ユリアーナは自分で驚いた。

愛している……。

やはりそうなのだろう。愛していなければ、彼の過去のことをこれほど強く知りたいとは思わないはずだ。

どうしても彼を理解したい。愛しているからこそ、彼が本当は優しく、思いやりのある人だということを確かめたかったのだ。

「どうか頼みます。儂はもう老いぼれですから、役には立ちません。皇妃様になら、レオンのことを託せる」

「老いぼれなんて、おっしゃらないで。まだまだお元気じゃありませんか。馬番の少年にも厳しく注意していたでしょう？」

ダールマンは照れたように頭をかいた。

「まだ軍人のときの癖《くせ》が残っているんでしょうね。今はレオンがこの宮殿に住まいを用意してくれて、隠居の身ですが、どうも暇を持て余してしまって。馬番もまた頑固じじいがうるさいことを言いに来たと思っているに違いないです」

レオンハルトが育ての父とも言えるダールマンに、住まいを与えているのだ。やはり披露宴のときに話していた姿を、親しそうだと思ったのは間違いではなかったのだろう。

きっと彼はダールマンには心を開いているんだわ。

羨《うらや》ましいと思うのは間違っているかもしれない。自分を引き取って育ててくれた相手と、妃にした属国の元王女とではまったく立場が異なる。

「わたしがレオンのこと、あれこれ聞き出そうとしたと、彼には言わないでくださいね」

彼がこのことを知ったら、二人の関係が悪くなりそうな気がする。誰だって、知らないところで自分の過去の話をされていたら気を悪くするだろうが、レオンハルトの場合、それだけでは済まないと思うのだ。

「もちろんですとも。あいつはなかなか頑固な男ですからな」

ダールマンはそう言って、明るく笑った。

レオンハルトにとって、ダールマンが育ての父親ならば、ユリアーナにとっても同じだ。

いつか、わたしも特別な存在になれるといいんだけど。

そんな日が来るかどうかはまだ判らなかった。


それから数日後のこと。

相変わらず、昼間はレオンハルトと居間で会い、夜は寝室で抱き合っていたが、ユリアーナは以前にはなかった溝を感じるようになっていた。

彼を愛していると気づいたからだろうか。彼にどう思われているのか、気になって仕方がなかった。

彼が朝までベッドにいてくれることは、今もなくて……。

いつもユリアーナが眠る前か、もしくは目覚める前にはもう寝室から消えている。

今朝もそうだった……。

もう少ししたら、居間でまた彼と会うことになっている。だが、最近はいつも表面上の話だけで終わっていた。話をしないよりはしたほうがずっといいに決まっているが、このままでは自分の気持ちは彼には伝わらないし、彼の気持ちがどうなのか、ずっとやきもきして過ごすことになりそうだと思った。

お天気はいいのに、なんだか憂鬱《ゆううつ》だわ……。

ユリアーナは日中、女官達と過ごしているサロンにいたが、ベルがあまりにやんちゃなことばかりするので、抱き上げて外に出てみた。女官達は部屋に残ってもらい、ハンナだけについてきてもらう。

ベルは甘えん坊なだけではなく、悪戯《いたずら》好きだった。といっても、まだ子供なのだから仕方ないのかもしれない。可愛がられてはいるものの、家具を傷つけたり、飾ってある物を落として壊したり、粗相をすることもあり、女官を困らせていた。

もしかしたら、いつも室内にいるから運動が足りないのだろうか。猫は犬とは違うとは思うが、外に出してみたら気分が違うかもしれないと思ったのだ。

最近、女官がたくさん自分についてくることに苛立ちを感じているから、なんとなくベルも同じ気持ちでいるような気がした。

皇妃としては、あまりよくないことなのかもしれないけれど……。

とはいえ、女官がたくさんいてもあまり意味がないのではないかと、よく思うようになってきたのだ。何しろ、ユリアーナはやろうと思えば、自分のことはなんでもやれたからだ。

女官の人数を減らしたら、それはそれで問題が起きそうだし、どうしたらいいのかしら。

「ねえ、ベル。あなたはどうしたらいいと思う？」

猫に話しかけても答えは出てこない。ハンナが後ろでクスッと笑った。

「皇妃様、せめて人間に話しかけてくださいよ」

「判っているわよ」

ベルも風に吹かれて気持ちよさそうにしている。ユリアーナも心地いい風に癒《いや》されるような気がした。

そのとき、兵舎で飼われている犬の吠《ほ》える声がしたかと思うと、いきなりベルがユリアーナの腕の中から飛び出し、逃げ出してしまった。

「待って！　ベル！」

ベルはすごい速さで木の上に登ってしまう。

どうしよう……。

「下りてきて。危ないわよ」

猫は落ちても大丈夫と言うが、ベルはまだ小さい子猫だ。心配でたまらない。外に連れ出すのではなかった。大人の猫なら放っておいても、勝手に戻ってくるだろうが、子猫はどうなのか知らない。

とにかく、木の上から下りてきてもらわなくては、この場からは動けない。

それからハンナと二人でずいぶん宥《なだ》めたりしてみたが、一向にベルは下りてこようとしなかった。そのうち、か細い声で鳴き始める。まるで、下りられないと訴えるかのように。

「仕方ないわね。ここはわたしが登って助けるしか……」

「お待ちください。皇妃様がドレス姿で木登りをしてはいけません」

「でも、こんなに助けを求めているのよ」

「その辺にいる男性に助けを求めればいいんです」

ハンナはそう言うと、大声を張り上げた。

「誰か！　助けてください！」

宮殿の中にはいつでもどこでも衛兵が立っているものだ。この声を聞けば、確かに誰かが駆けつけてくれるだろう。

ユリアーナも真似をして声を出した。

「手の空いてる人、誰か来て！」

少し待っていると、こちらに駆けてくる足音が聞こえてくる。

「なんだ？　どうしたんだ？」

やってきたのは、衛兵ではなく、何故かレオンハルトだった。

「レオン！　どうしたの？」

「いや、おまえ達が助けを呼んでいたんだろう？　それで、何があったんだ？」

「あの……ベルが……」

彼に猫のことを頼んでいいのか判らなかったが、とりあえず木の上を指差してみた。

「犬の声に驚いて上がったら、下りられなくなったみたいなの」

彼はベルを見上げて、顔をしかめたが、何も言わずに木に登り、ベルを助けると、そのまま飛び降りた。

「ありがとう！」

ユリアーナは彼に駆け寄り、手を差し出した。彼は大きな手でベルを優しく撫でた後、ユリアーナの手に返してくれる。

え……？

猫嫌いじゃなかったの？

見間違いかと思ったが、確かに彼は猫を撫でた。壊れやすい大事なものを撫でるみたいな手つきで。

「猫は中で飼っていたんじゃなかったのか？」

「たまには外に出してあげないと可哀想なんじゃないかと思ったのよ。だって、ここに来るまでは自由に野原を動き回っていたのに」

「それはそうかもしれないが……。よく見ていることだ。犬は恐らく吠えるだけだろうが、馬に踏み潰されないように気をつけなければ」

「そうね。本当にありがとう！」

ユリアーナはベルの顔を彼のほうに向けてみた。

「さあ、ベルもレオンにお礼を言ってね。……『助けてくれてありがとう、陛下』」

ベルになりきって作り声でお礼を言うと、レオンはふっと微笑んだ。

「猫は『陛下』なんて言わないだろう」

「なんて言うのかしら」

「さあ。それより、いつもの約束の時間だが」

「え、そんな時間？　ベルと散歩していたら忘れていたわ。じゃあ、行きましょう！」

ユリアーナはベルを抱いたまま彼に寄り添い、振り向いてハンナに合図をする。ハンナは頷いて、来た道を戻っていった。

「猫は預けなくていいのか？」

「いいの。ベルは怖い思いをしたんだもの。わたしが慰めてあげなくちゃ」

そう言いつつ、ユリアーナの頭の中にはある計画があった。それにはベルが必要不可欠なのだった。

二人は揃って居間に入ると、ユリアーナはベルを抱いたままソファに座った。そして、隣に腰を下ろしたレオンハルトの膝に、ベルを置いてみる。

「……ユリアーナ！」

「彼女はベルよ」

ベルは逃げたりせずに、可愛らしい目で彼を不思議そうに見つめた。

「あなたのこと、救いの主だって知っているのよ。前にも助けてもらったし、今回が二回目だし」

「いや……。猫はもう忘れているだろう」

「この子はとっても賢いのよ。記憶力がいいの」

彼は恐る恐る手を伸ばし、ベルの背中にそっと触れた。一度触れると、そのまま撫でてしまい、加えて別の場所まで手が勝手に動き、その柔らかい毛並みを楽しんでいるようだった。

「あなたは猫が好きなのね？」

彼ははっとしたように手を引っ込めた。

「ごめんなさい。でも、確かめてみたかったの。猫を好きなのをどうして隠そうとするの？　別に恥ずかしいことではないでしょう？」

彼は唇を引き結び、強張った顔で首を振った。

「確かに……私は猫に限らず可愛らしい生き物が好きだ。だが、軍隊を率いる強い皇帝として、弱々しいところを見せてはならないんだ」

やはりダールマンが言ったとおり、周囲に弱いところを見せないように無理しているのだろう。

好きなものを好きとは言えないなんて……。

なんだか可哀想に思えてくる。

「じゃあ、これはわたしと二人だけの秘密ね」

優しくそう囁くと、彼の強張った顔から緊張が解けてくる。

「二人だけの秘密か……」

「わたし、誰にも言わないわ」

目が合うと、レオンハルトはいつになく鋭さが消えたような顔になっていた。

二人でいるときだけは、ずっとそんな柔らかい表情でいてもらいたい。自分には心を許してほしかった。

もしかして、わたしの願いは叶うかもしれない……。

ベルのおかげで。

ユリアーナは彼の膝の上にいるベルの頭を指でそっと撫でた。ベルが気持ちよさそうに目をつぶる。

レオンハルトはその様子を微笑みながら見つめていた。

第五章　離宮での二人

それからというもの、ユリアーナとレオンハルトの距離はぐっと縮まった。

少なくとも、ユリアーナはそう思っている。二人だけの秘密ができたからだ。これは本当の彼に近づくチャンスでもある。

そして、今日……。

二人は連れ立って離宮に出かけた。

もちろん二人だけではなく、ハンナも女官も護衛も側仕えもみんな移動するのだが。といっても、離宮にいられるのはたった三日間だ。レオンハルトの政務は忙しく、戦争以外で宮殿を離れることはあまりない。ユリアーナも舞踏会のことやいろいろ計画がある。遊んでいたら、計画の実施が遅くなってしまう。

しかし、たまには息抜きも必要だろう。

普通、身分のある新婚夫婦というのは、一緒に旅行したり、のんびり過ごすものらしい。

それで、子供を授かったりするということもある。そういった跡継ぎ問題のこともあって、レオンハルトの側近達は離宮で少し休むように進言したのだという。

普段のレオンハルトなら、側近に勧められても休むことなど考えなかったと思うから、ユリアーナのことを思いやってくれたのかもしれない。

ベルはバスケットに入れていたが、移動の馬車の中では出してあげた。レオンハルトはベルを抱き、顔を見て、話しかけたりしている。

そんな彼を見ていると、胸の中がキュンと締めつけられるような気がして……。

だって、彼がとても優しく見えるから。顔つきもいつもと違う。ベルを見るときは蕩《とろ》けるような目つきをしているのだ。

きっと、彼は赤ちゃんにもこんな顔をして話しかけるのね。

可愛らしい生き物が好きだということは、子供や赤ん坊も好きだということなのだ。それを隠そうとして、彼はいつもおかしな言動を取っていたに違いない。

彼のそういうところも愛しくてたまらない。

彼の弱点を知ったことで、少しは彼を理解できるようになってきた。ユリアーナはそれが嬉しかった。

やがて馬車は離宮に着いた。

そこはギリアスが帝国になる前から川沿いに建てられていた。元はその土地の領主の城であったらしいのだが、現在は帝国所有となっていて、改築されている。馬車は川の手前からぐるりと回り込み、橋を渡って向かったので、白亜の宮殿が川面に映り込んでいるのが窓から見えた。

ロマンティックな風情のある場所だ。帝都にある宮殿は美しいけれども、現実的な感じがする。実際、そこで政務を行うのだから、風情を追い求めても仕方がないのだが。

馬車から降りると、そこで働いている者達の歓迎を受けた。

離宮といえども、誰かが管理していなければ、綺麗な状態では使えないものだ。

ユリアーナは寝室に案内されて、少し驚いた。ここは夫婦がひとつの寝室を使うようになっている。部屋はそれぞれあるのだが、それは身支度をする場所でしかない。二人は同じ寝室、同じベッドを使うことになっている。

彼は嫌じゃないのかしら……。

目が覚めると、いつも一人で残されているユリアーナは、同じく寝室にいる彼を見たが、別に普通の顔をしている。

そうよね。彼は最初からそれを知っているんだもの。

ということは、彼は同じ寝室を使うことに異論はないということだ。

何しろ彼は皇帝なのだから、別の部屋を用意することなど簡単だ。そうしないということは、この離宮では本気でユリアーナとゆっくり過ごすつもりでいるらしい。

本当にここで跡継ぎを身ごもったりして……。

ユリアーナはなんだか嬉しくなってきていた。

二人で離宮で過ごすと決まったときから喜んでいたが、最初から同じ寝室で過ごすと思うと、喜びもひとしおだった。

少し身体を休めた後、二人は散策に出かけた。

ここでも護衛の兵士はあちこちに立っているものの、ずっと後ろからついてくるわけではない。恐らくユリアーナ一人ではレオンハルトも心配するのだろうが、彼が傍にいる限りは護衛もそれほど必要でないのだろう。

ユリアーナはとにかく宮殿とは違う場所で、二人だけで過ごせることが嬉しくてならなかった。

傍を歩くだけでは物足りなくて、彼の腕に手を絡めてみる。彼のほうを見上げると、優しい眼差しが向けられていて……。

わたし、とても幸せよ。

こんなに幸せでいいのかと思うくらいだ。跡継ぎ問題もあるが、それはまだ深刻に考えるほどではないだろう。今はただ彼と二人でいられることに酔っていた。

川べりをぶらぶらと歩いた後、宮殿の後ろのほうに広がる木々に囲まれた草原のほうへと歩いていく。

何か茶色のものがぴょんぴょんと跳ねていくのが見えた。

「ねえ、今……」

「野ウサギだな。仕留めてみるか？」

「冗談でしょ！」

「もちろん冗談だ。いや、食糧として獲《と》るのは仕方ないと思うが」

ユリアーナは頷いた。

いくら野ウサギが可愛くても、猟師が獲ることまでは非難できない。だいたい、牛や豚や羊は食べてもよくて、野ウサギはダメだというのは理屈に合わない。個人的には可愛いものはできるだけ食べたくないのだが。

ただ、単に遊びのための狩りには絶対反対だった。野ウサギでなくてもそれは同じだ。みだりに命を奪ってはいけない。

ユリアーナは彼も同じ考えであったことにほっとした。

「あ、あそこにも！」

長い耳がぴょんと立っているのが見える。そして、草叢《くさむら》の中に飛び跳ねながら消えていく。

「すごく脚が速いのね」

「そして可愛い」

「ええ。とっても可愛い」

二人は顔を見合わせて笑った。

もうすぐ日が暮れていく。少し肌寒いから、ユリアーナは彼に身体をすり寄せた。すると、彼はユリアーナの肩に手を回してくる。

「そろそろ戻るか」

「そうね……」

二人が建物に戻ろうとしたとき、厩舎のほうから怒鳴り声が聞こえてきた。

「さっさと出ていけ！　ここはおまえのいるところじゃないんだ！」

驚いてそちらを見ると、厩舎からよろよろと出てきたのは、一頭の薄汚い中型犬だった。痩せこけているのにお腹が大きい。ということは、子犬がお腹にいるに違いない。

「ねえ……野良犬よね？」

「恐らくそうだろう」

犬は馬番に追い立てられている。

「待って！」

ユリアーナは犬に駆け寄ろうとした。が、その前にレオンハルトが止める。

「病気の犬だったらいけない。まずは私が行くから」

彼は馬番を止めると、犬に近づいた。犬は歯を剝《む》き出しにしたり、威嚇《いかく》することもなく、力なく彼に尻尾《しっぽ》を振ってみせた。哀れな様子の犬に、ユリアーナの胸は締めつけられる。

「大丈夫のようだ」

レオンハルトは膝をつき、犬の頭を撫でた。ユリアーナも近づくと、尻尾を振って、じっと見つめてくる。

「この子、ここで飼っているわけじゃないの？」

馬番に訊くと、彼は帽子を取って答えた。

「この辺をウロウロしている奴です。厩舎が温かいからって、すぐに潜り込もうとするんですよ。可哀想とは思うけど、こんなところで子供を産まれても……」

馬番の立場からすれば、厩舎に居着かれても困るだろう。子犬が増えれば、もっと困ったことになるのは目に見えている。今のうちに追い出して、知らぬふりをしたいという気持ちが判らないでもなかった。

「レオン……」

ユリアーナが胸の前で手を組んだ。お願いするときのポーズで、それを見た途端、レオンハルトはやれやれという顔をした。

「今度は犬か」

口ではそんなことを言いながら、恐らく彼もまたその犬を保護したくてたまらないはずだ。以前は理解できなかった彼の言動の裏にあるものが、判るようになってきたのだ。

「お願い！」

「洗わないと、中に入れるわけにはいかないだろうな」

レオンハルトは諦めたように言うと、歩き出した。すると、野良犬なのに、まるで訓練された犬のように、ぴったりと彼について歩き出す。

「ちゃっかりしてんなあ」

馬番がこっそり呟いたが、ユリアーナも同感だった。

でも、彼にお似合いな犬かもしれないわ。

犬は安住の地を見つけたように、信頼しきった眼差しで彼を見上げていた。

綺麗に洗われた犬はヘッダと名付けられた。薄茶色の脚の長い犬で、可愛いという感じではないが、賢そうな目つきをしている。どうも出産が近いようで、居間の隅に大きな木箱を運び入れ、その中に藁《わら》を敷き詰めてやる。すると、ヘッダはそこに横たわって、レオンハルトに感謝の眼差しを向けた。

ここなら、寒いときには暖炉の火で温まることもできる。自分達がここにいる間、ヘッダが子犬を産むかどうかは判らなかったが、できれば可愛らしい子犬の姿を見たいものだと思った。

そして、できることなら、宮殿に連れて帰りたい……と。

いや、ここで飼ってもらってもいいのだが、レオンハルトにすっかり懐いているようなので、引き離すのは可哀想な気がした。

犬は主人と決めた人に忠誠を尽くすものだから。

彼も猫を可愛がっている姿を見られたくはないだろうが、犬なら大丈夫ではないだろうか。少し痩せてはいるものの、賢そうな犬だから、彼が連れて歩いてもおかしくはない。

確かに、彼は弱いところを誰にも見せられないかもしれない。しかし、本当は優しい心の持ち主なのだということは、周囲の人に知ってもらいたいという気持ちもある。そう。支障のない範囲で。

彼のイメージが著しく損なわれない範囲で。

ユリアーナは皇妃としてレオンハルトを支えたいと思っていたが、それはいろんな面においてもそうだった。彼は偉大な強い皇帝であるのと同時に、弱き者に対する慈悲の心を持っていると、世間に知らせたかったのだ。

それはたぶん、レオンハルトが想像しているよりもいい結果になると思うのだが、今のところ彼は納得しないだろう。

それでも、いつかは……。

ヘッダを宮殿に連れていくことは、その一歩になると、ユリアーナは考えていた。

やがて日が暮れ、二人はゆっくりと一緒に食事をとった。差し向かいで食事をすることなど、結婚してからほとんどなかった。

彼は会議しながら食事をしていたからだ。ユリアーナはいつも一人で、ぽつんと食事をしている。メルティルでは、いつも家族と一緒だったから、食事中に淋しいなどと感じたことはなかったが、皇妃となってからはいつも淋しいばかりだった。

そんな話をすると、レオンハルトは少し躊躇いながらも口を開いた。

「それなら……夕食は一緒に食べることにしよう」

「本当っ？」

「嘘は言わない。私がそう決めればなんとかなるものだ」

そうだ。彼は皇帝なのだから。

我儘《わがまま》なことや強引なことはしないが、本当は権力を持っている。要するに会議しながら食事をするのをやめればいいだけなのだ。

一日のうち、夕食だけでも一緒に食べられるようになる。ユリアーナにとって、それは素晴らしいことだった。

だって、わたしは彼を愛しているんだもの。

胸に秘めているだけで、彼には言っていない。口に出したら、きっと彼は困惑すると思うのだ。

彼の心に愛がないとは思わないけれど……。

ずっと彼を見ていて思うのは、彼はやはり女性に対してはあまり口が上手くないということだ。もし、彼がユリアーナを愛しているとしても、それを言葉にすることはないように思う。

ということは……。

本当はすでにわたしを愛してくれているのかもしれないわ！

楽観的な考え方かもしれないが、自分に向けられる彼の眼差しは、ベルに向けられるものとあまり変わりがない。いや、それ以上のように思うのだ。情熱も含んだ愛の眼差しだと、ユリアーナは想像している。

たとえ、今はそうでなかったとしても、いずれ彼はわたしを愛するようになってくれるはず。

ユリアーナはそんな想像をしながら、上機嫌で食事を終えた。

ユリアーナは寝支度を終えると、そっと扉を開いた。

それは二人の支度部屋の真ん中にある寝室の扉だ。薄暗い蠟燭の明かりに照らされたベッドは、天蓋《てんがい》つきの大きなものだった。

先にレオンハルトがいて、ベッドに腰かけている。上着を脱いだ白いシャツ姿で、彼のしっかりとした身体つきがよく判る。

「レオン……」

ユリアーナは静かに声をかけた。彼は薄っすらと微笑んで、手招きをする。

「まあ、わたし、ヘッダじゃないのよ」

笑いを含んだ声で文句を言いながらも、彼に近づいた。

「ここへ来るんだ」

彼は自分の隣に座るように言う。だが、ベッドは高さがあり、小柄なユリアーナは彼のようには上手く腰かけられない。よじ登ろうとすると、彼は苦笑しながら抱き上げて、座らせてくれた。

「わたし、なんだか子供みたいね。みっともない」

「そこが可愛いんじゃないか」

わたしが可愛い？

意外だけれど嬉しかった。

何しろ、彼にとって『可愛い』はかなりの褒め言葉だ。彼が好きなものは可愛い生き物だからだ。小動物と一緒の評価ではないだろうが、なんとなく好きだと告白されたような気がして、照れてしまう。

わたしが大柄だったら、彼も可愛いなんて言わなかっただろうから、小柄でよかったとも思う。

少しでも、彼に気に入られたい。好きだと思ってもらいたい。愛しいと思ってもらえたら、どんなにいいだろう。

レオンハルトは身体をずらし、彼女の背後に移動した。背中からすっぽり包まれているような体勢で、彼の身体の体温を感じる。

彼が身体でわたしを守ってくれているみたい……。

温かみと同時に、愛情みたいなものを感じる。それはユリアーナの勝手な解釈かもしれないが、とにかく気持ちが安らいできて、うっとりしてくる。

そう。とっても幸せなの。

彼に触れられているとき。抱き締められているとき。もちろんキスをされたり、愛撫をされたり、抱かれているときもそうだが、ただ彼の体温が伝わってきただけでも、ユリアーナは幸せを感じていた。

彼のことを知れば知るほど、愛が深くなっていく。

本当は彼に愛を求めたい。愛してくれているのかどうか確かめたい。しかし、それを急かしてはいけないと判っているから、じっと待っていた。

いつか、きっとわたしの愛と同じものが返ってくる。

今も彼の中にそれはあるかもしれないが、やはり確かめるのはまだ早いだろう。

彼の手がゆっくりとユリアーナの乳房に触れてきた。

「あ……」

薄い夜着の下には何も着ていないから、直に触れられているのと同じだ。それに、もう何度も触れられているから、彼の手に馴染んでいて、すぐに反応してしまう。

敏感な乳首を指で撫でられると、自然に声が口から洩れてくる。もちろん乳首はすぐに硬くなり、甘い疼きを感じた。

こんなに容易《たやす》く反応する身体が恥ずかしい。けれども、なかなか反応しなかったとしたら、彼も愛撫のしがいがないかもしれない。

だから……きっとこれでいいのよ。

彼はよく恥ずかしがらなくてもいいと言うが、やはり自分の感じている姿を堂々と見せるものではないと思うのだ。何しろ、それは普通とは違う、乱れた姿だからだ。

彼のほうはどうなのかしら……。

そんなに乱れたところは見ていない気がする。それとも、自分には判らないだけで、彼も彼なりに乱れているのだろうか。

ユリアーナは彼の手の上から自分の手を重ねた。

「ねえ……レオン」

「……なんだ？」

「いつもわたしだけ感じているみたいな気がするけど、あなたは……どんなふうに感じているの？」

彼は手を止めて、少し考えていた。

「私はおまえの身体に触れて、おまえが感じて乱れて悶《もだ》えている姿を見て、どんどん高まっていくんだ。一番感じるのは、おまえの中に入って動いているときだが」

男の身体と女の身体は違うから、そういうふうにできているのだろうか。だが、いつも自分だけが余計に気持ちよくさせてもらっているようで、申し訳ないような気がしている。

ユリアーナは彼に自分が愛していることを伝えたかった。

言葉以外のもので。

「あの……あの……ね」

もじもじしていると、彼は優しく尋ねてくる。

「なんだ？　はっきり言っていいぞ」

「あの……わ、わたしがあなたの身体に触れたら……どんなふうになるのかしらって……」

彼は一瞬押し黙った。

「……触ってみたいのか？」

「ダ、ダメかしら。女が触るとはしたないとか？」

「いや……いいんじゃないかな」

彼はユリアーナの背中から離れた。

「おまえの好きにしてもいいぞ」

そんなふうに言われると、妙にドキドキしてくる。

ユリアーナは振り向き、ベッドに腰かけた状態から、脚ごと上に乗り、改めて彼と正面から向き合ってぺたんと座った。

白いシャツが眩しく見える。この身体を好きにしていいのだと思うと、いつもと違う高揚感が湧き出てきた。

いつもは触られる側ばかりなのに、今夜は触ってみるほうだ。

ユリアーナは最初にシャツの上から彼の肩に触れてみた。自分の身体とはまるで違う。筋肉質で、硬く引き締まった身体だ。

素敵……。

うっとりと肩から腕へと筋肉をなぞるようにして撫でてみた。

「腕を撫でただけで、そんなに嬉しそうにするとはな」

彼には意外だったらしい。

「だって……好きだもの。あなたの身体が」

というより、彼自身が好きなのだが、それはまだ黙っておく。だが、ユリアーナの愛がこれで伝わってくれればいいと思っている。

「ほう。私の身体がそんなに好きか?」

「ええ……」

ユリアーナは満足そうにしている彼の胸に手を置いた。ユリアーナの胸とは対象的にとても硬い。

「シャツを脱ごうか?」

「ダメ。わたしが脱がせるんだから」

ユリアーナは彼のシャツに手をかけて、ボタンを外していく。全部外し終えて、それをゆっくりと脱がせていった。

改めてゆっくり眺めてみても、やはり素晴らしい身体つきだ。ユリアーナは思わず溜息を洩らした。

そして、彼の背中に腕を回して、胸の中央に頬擦りをしてみる。

耳を押し当ててみると、力強い鼓動が聞こえた。彼の強い生命力を感じて、陶然としてくる。

彼はユリアーナの髪に指を差し入れて、そっと梳いていく。それがとても心地よくて、こんなにも幸せでいいのかと思った。

この完璧な身体の持ち主がわたしの夫だなんて……。

政略結婚とはいえ、自分はなんて運がいいのだろうと思った。世の中には男性がたくさんいて、中には碌でもない輩もいるのだ。それなのに、こんなに素晴らしい、尊敬できる人と自分は結ばれることができた。

もう、自分の幸運に感謝するしかない。いや、自分を妃にすると決めてくれた彼に感謝すべきなのだろうか。

ユリアーナは顔を上げて、彼の首に両腕を巻きつけて唇を重ねた。

貪るようなキスをしてみる。自分からキスをすること自体、初めてなのだが、ユリアーナは彼をあまりに愛しく思いすぎて、感極まっていた。

泣きたいくらいに、彼を愛してる。

それを示すのはやはりキスしかないと思うのだ。

舌を差し入れ、いつも彼がしてくれるようなキスをする。彼は自分のように受け身ではなく、積極的に舌を絡めてきて、気がつくと、キスされているのはユリアーナのほうになっていた。

唇を離すと、頭がぼんやりしてきて、目が虚ろになってしまう。

キスしかされていないのに、身体が火照ってきて、どうしようもない。

「おまえもキスが上手くなったな」

「あ、あなただって……」

いや、彼のキスは最初から上手かった。ユリアーナは彼にキスをされると、たちまち身体が蕩けてきてしまうのだ。

ユリアーナは熱い吐息をつき、彼を見つめる。愛情が込み上げてきて、何故だか目頭まで熱くなってきた。

「……どうしたんだ?」

彼は眉をひそめた。

「ううん。なんでも……」

ユリアーナは彼の頬を両手で包んだ。

これほどまでに彼を愛していることが怖くなってくる。急に、彼を失ったら生きていけないのではないかと思ったのだ。

でも……。

彼はちゃんとここにいるわ。

生きて、ここにいる。わたしの傍にいる。

ユリアーナはもう一度、彼の肩に触れ、それから胸を撫でて、引き締まったお腹にも触れてみた。

そして、いつの間にか彼のズボンのボタンを外そうとしていた。ふと我に返って手を止める。

「私が手伝ってもいいが?」

彼は笑いながらそう言った。ユリアーナは頬を赤らめる。

「あの……横になってくれる?」

彼は言うとおりにしてくれた。ベッドに横たわった彼の両脚を跨ぎ、ズボンのボタンを外して、下穿きをずらしてみた。

硬くなったものを露出させてみて、自分が妙に興奮していることに気がついた。

わたしがこんなことをしているなんて……。

自分の行動をすべて彼が見つめている。それが恥ずかしく感じるものの、どうしても手が止められない。

彼の大事な部分を両手でそっと包んだ。

こんなふうにまじまじと見たのは初めてだった。いつも視線を逸らしていて、見ないようにしていたからだ。

だけど、これも彼の一部だ。それも大切な一部だ。

ユリアーナは根元からそっと撫で上げて、先端を指で弄ってみた。彼が吐息を洩らしたから、きっと気持ちがいいのだろうと思う。

わたしがいつもしてもらっているみたいに、彼を気持ちよくさせてあげられたら……。

そんな考えから、ユリアーナは自然と顔を近づけていた。

そう。彼がしてくれるみたいに。

舌で先端の部分を舐めていく。

もっともっと感じさせてあげたい。

ユリアーナは気持ちが高ぶってきて、舐めるだけでなく口に含んでいた。キスをするときみたいに舌を絡め、懸命に彼に快感を味わわせようとする。

少しでも彼が感じるように、舌とそれから唇も使う。他にはどうしたらいいのだろう。

「ユリアーナ……」

声をかけられて、はっと我に返った。頭を上げると、彼が身体を起こすところだった。

「……あまりよくなかった?」

「いや。よすぎて、もたなくなりそうだったから」

「まあ……」

彼はユリアーナの夜着を脱がせてしまった。そして、自分も完全に脱いでしまう。そのまま抱き締められると、熱い肌が擦れ合う。

「おまえがあんなことまでしてくれるなんて……」

「だって……」

礼を言われるとは思わなかった。しかも、耳元で囁かれて、ドキッとする。

「ありがとう」

「おまえを妃にしてよかった」

「本当……?」

「ああ」

さっき自分がしたように頬を両手で包まれて、唇を重ねられた。まるで愛情がこもったキスのように思えて、鼓動が速くなってくる。

愛……ではなくても、似たような何かが彼の中で溢れている。だからこそのキスだ。ユリアーナは彼にしがみつき、必死でそれに応えた。胸の中に渦巻いている想いを彼に伝えたい。その一心だった。

少しでも、彼がそれに気づいてくれたら……。

そして、彼の心に同じものが芽生えるようにと。

キスをされながら、脚を開かされて、指で弄られている。秘部はもう熱く熟れていて、すっかり潤っていた。秘裂をなぞるように刺激されて、身体が震えてしまう。ついには指を挿入され、出し入れされていった。

「んっ……んんっ……ぁ……」

彼のキスは唇から喉元へと滑り下りていった。仰け反るような格好になり、背中を彼の腕に支えられている。気がつくと、シーツの上に横たわっていた。

敏感な内壁を指で擦られて、身体がビクビクと痙攣するように震えている。

熱い疼きが全身を広がり、ひとつのうねりとなっているみたいだった。これほど早く身体が熱くなるのは、自分が逆に愛撫をしてみて、興奮したせいなのかもしれない。

やがて指を引き抜かれて、代わりに彼の猛ったものが押し当てられる。

「あ……ぁっ……」

ぐっと挿入されると、すぐに奥のほうに当たった。蕩けるような感覚が今度は奥から湧き起こってきた。

彼は少し体勢を変え、動いていく。

何度も何度も。

彼が行き来するたびに、ユリアーナは快感に乱れていった。

こんなにも感じてしまうなんて……。

気が遠くなるほどの快感が渦巻いている。それは嵐のようにユリアーナを翻弄していく。

止めようにも止められない。

「レオン……レオン……！」

彼の名を呼び続けた。

愛していると叫ぶ代わりに。

彼はユリアーナの手を強く握った。そして、ユリアーナが絶頂を迎えると同時に、熱を放つ。

「あぁぁっ……」

彼の身体が覆いかぶさってきて、強く抱き締められる。

ユリアーナから力が抜けていく。

こんなにも強く抱き締められていると、彼に必要とされている気がする。ひょっとしたら、今は身体だけなのかもしれないが、そのうちにきっと……。

彼と心を通じ合わせたい。

いつか……きっと。

ユリアーナは彼の腕の中で幸福を感じていた。

翌朝、ユリアーナは一人で目が覚めて、溜息をついた。

今日こそはレオンハルトが起き出す前に起きて、寝顔を見て、おはようのキスをしたかったのに。

せっかく寝室がひとつしかなかったのにと思うと、残念でならない。やっと来た機会を逃したような気がして、がっかりしながらベッドから起き上がった。

改めて夜着を身に着けてから、ハンナを呼び、ドレスを着る。

「そういえば、もうすぐ子犬が生まれそうなんですよ」

「なんですって？　それを早く言ってよ」

ユリアーナは身支度もそこそこに居間へと急いだ。すると、ヘッダが入っていた箱の前にレオンハルトが屈《かが》んでいる。ユリアーナはあまり音を立てないようにして、そっと彼に近づいて、箱の中を覗《のぞ》き込んでみた。

子犬はまだ生まれていないようだったが、ヘッダの様子は昨日とは違うようだ。レオンハルトはヘッダを安心させるようにゆっくりと撫でてやっている。

ふと、ユリアーナは心配になった。

ヘッダはあまりにも痩せている。無事にお産できるだろうか。それに、お腹の子供は大丈夫なのか。

あと数日後なら、お腹いっぱい食べさせて、体力をつけさせることもできたのに。

「心配だわ……。餌《えさ》は何か食べたのかしら？」

ユリアーナが呟くと、レオンハルトは振り向いた。

「おまえこそ何か食べてくるといい。子犬はまだ生まれないようだ」

ということは、彼は先に朝食をとったらしい。ユリアーナは頷くと、その場をそっと離れて、食堂へ向かう。

そこで、いくらか食べて、また居間に戻った。

レオンハルトは絨毯の上に座り込んでいる。箱の上部にシーツをかぶせていて、薄暗くしてやっている。だが、完全にかぶせているわけではなく、ヘッダの様子は見えるようにしていた。

「あまり構うとよくないかしらね」

「いや、私が離れると鳴くんだよ」

ヘッダは本当に彼を主人と決めたようだった。もしかしたら、最初から野良犬というわけではなく、元は飼い犬だったのかもしれない。そうでなければ、こんなに人に慣れないと思うのだ。

野良犬ではなく、捨て犬だったのか……。

だとしたら、ずっと人恋しかったのか。そして、レオンハルトと出会い、この人は信用できると思ったのだろう。

そうよ。彼は信用できる人なのよ。

ユリアーナはヘッダの気持ちが判ったような気がした。ヘッダは彼の傍を離れたくないのだ。

わたしと同じ……。

ユリアーナもレオンハルトの隣に座り込み、じっとヘッダを見つめた。

しばらく苦しそうに体勢を変えたりしていたヘッダは、やがて動きを止める。ユリアーナは思わずレオンハルトの手を握った。

もうすぐなのね……。

お産は始まると止められないという。ユリアーナはいつしか自分が子供を産むときのことを考えていた。

まだ産むどころか、お腹の中にもいないのに。

しかし、頭の中には二人の子供のことを思い描いていた。二人の顔によく似た赤ん坊が生まれて、それを胸に抱くのだ。お乳を含ませていると、彼がやってきて、幸せそうに赤ん坊の顔を覗き込む。それから……。

「頑張れ」

彼の優しげな声を聞き、ユリアーナは現実に戻る。

ヘッダはようやく一匹目を生み落としていた。そして、その子犬をぺろぺろと舐め始める。心配していたが、子犬はちゃんと生きているようで、ヘッダも元気だ。

でも、子犬は何匹も生まれるのよね……。

ユリアーナはレオンハルトと共にそれを見守った。

かなり長い時間がかかったが、ようやくヘッダは四匹の子犬を産み終えた。どの子犬も小さいが、おっぱいにちゃんとしゃぶりつく元気はあるようだった。

「よかった……。ヘッダも子供達も元気で」

犬の出産は軽いというが、やはりヘッダの痩せ具合が気になっていたのだ。けれども、思った以上にヘッダは頑張りを見せてくれた。

「いい子だ。頑張ったな、ヘッダ」

レオンハルトもユリアーナもヘッダを撫でてやった。子犬も撫でてみたかったが、今はまだそっとしておいたほうがいいだろう。

もし、昨日、この犬を見つけなかったら、どうなっていただろう。無事に出産できただろうか。産むことはできても、餌をちゃんと食べなくては乳も出なくなる。

つくづく、昨日見つけたことは運命だったのだと思う。

「いっぱい食べて、元気になって、子供達を育ててね」

ユリアーナはヘッダに話しかけた。すると、ヘッダがこちらをじっと見つめてきた。

「感謝の眼差しで見ているようだ」

彼もそんなふうに思っているのだ。ユリアーナは嬉しくなった。

「この子、すごく賢いみたい」

「私達の犬だからな」

彼はさらりと言って、笑った。

まるで親馬鹿みたいなことを言っている。きっと、彼は自分の子供が生まれても、こんな感じで自慢するのかもしれなかった。

ヘッダと子犬達を宮殿に連れていくのは、もう少し後のほうがいいだろうが、そのときが楽しみだった。ベルはヘッダの出産の邪魔をするといけないので遠ざけていたが、子犬達と仲良くなってくれたらいいと思っている。

そして、レオンハルトとユリアーナの子供がいずれ彼らと友達になるに違いない。

「わたしも早く赤ちゃんが欲しいわ」

ユリアーナは思わずそう呟いた。

するとト、レオンハルトは頷きながら、真面目な顔で言った。

「きっともうすぐできる」

彼の言うとおりかもしれない。もうすぐ自分達の許にも可愛らしい赤ん坊が来てくれて、もっと幸せになれるのだ。

ユリアーナは彼に寄り添い、そっと頭をもたれかけさせた。


翌日、レオンハルトは目が覚めて、ふといつもと違うことに気がついた。

ユリアーナが先に起きていた。起きていたというのか、ものすごく眠そうにしているが、なんとか目を開けていて、こちらの顔を一心に見つめていた。

「……どうかしたのか？」

「やっとあなたの寝顔を見られたわ」

夢見るようにそう囁いて、それがとても素晴らしいことであるかのように、彼女は笑顔を見せた。

「結婚してからずっと……ずっと思っていたの。あなたの体温を感じて目覚めたいって。それから、あなたの寝顔を見つめて……」

彼女もきっと起きたばかりなのだろう。目もよく開かない様子なのに、幸せそうに微笑んだ。

結婚してからずっと、彼女はこんなふうに目覚めることを望んでいた。そう知ったとき、レオンハルトの心に温かいものが溢れ出した。

それが身体中に広がって、たとえようもないほどの幸福感をもたらした。

彼女を愛している……。

これが愛というものなのだ。

自分の命よりも彼女が大切だ。彼女を広い心で包み込み、どんなものからでも守ってやりたい。

こんな気持ちになったのは、生まれて初めてだった。

これから先……自分の人生にいろんなことが待っているだろう。それでも、今このとき感じたものを一生忘れない。

そんな感動を味わった。

レオンハルトは彼女を抱き寄せて、目を合わせ、微笑んだ。

「私の寝顔を見つめて、それからどうするつもりだった？」

彼女は少し顔を赤らめた。

「キスをして起こすの。『朝よ、お寝坊さん』って」

レオンハルトは残念なことに、彼女よりずっと早起きだった。そういう習慣が身についていたのだ。それに、結婚してしばらくは、一緒に眠るということもしてこなかった。女一人に惑わされるような真似はするまいと決心していたからだ。彼女は可愛いし、自分のものにしたいと思っていたが、妃にするのは形式的なものだと考えていた。

人質にして、跡継ぎも産んでもらう。一石二鳥だと。

だが、いつしか彼女の傍にいると居心地がいいことを知ってしまった。そして、一緒に眠りにつくようになった。朝の習慣は変えず、ただ同じベッドで眠ることも夫婦として形式的なことだとでも言うように。

思えば、自分は一体誰を満足させようとしていたのだろう。

自分自身の心は本当はもうとっくに判っていたはずだ。

我が妃ユリアーナを心から愛しているのだと。

誰かを愛するのは怖い。どんなに愛していようと、一瞬にして自分の前から奪い取られてしまうときがある。

両親も。家も。何もかもすべて。

だから、愛していると気づきたくなかったのかもしれない。しかし、気づこうが気づくまいが、自分は恐らく命をかけて彼女を守るだろう。それなら、傍にいる限り、彼女を心から愛したい。

愛のもたらすものを心行くまで味わいたい。

彼女がこんなにも愛しくてたまらない。どうして今までそれに気づかずにいられたのだろう。

ユリアーナが腕の中で身じろぎをした。そして、レオンハルトのほうに身を乗り出して、唇に軽くキスしてきた。

そして、恥ずかしそうに笑う。

「起きて、お寝坊さん」

レオンハルトの顔にも微笑みが広がる。

「いや……。まだ起きない」

「起きないの?」

「ああ。まだベッドの中にいる」

レオンハルトは彼女を引き寄せて、甘い唇を奪う。

幸福感が胸に押し寄せてくる。

願わくば、彼女も同じように感じていると信じたい。

愛してる……。

愛してる。

「ユリアーナ……」

レオンハルトは彼女の柔らかい身体をシーツに押しつけた。

数時間後、レオンハルトは馬車に乗るユリアーナに手を貸した。早くも宮殿へ戻らなくてはならなかった。

三日なんてあっという間だ。こんなことなら、せめて一週間にすればよかったとも思う。せっかくユリアーナへの愛に気づいたばかりなのに。

けれども、予定だから仕方がない。宮殿でまたいろんな仕事が待っている。ユリアーナもそれは同じだった。舞踏会の件は着々と進んでいて、その中心にいるのは彼女だった。

また近いうちにここへ来たいものだ。自分も馬車に乗り込むと、御者が扉を閉めてくれた。

ヘッダと子犬達とは一旦、別れることになる。人間とは違うのだから、出産早々、馬車に乗せても平気かもしれないが、やはりもう少し元気になってからのほうが体力もついていていいだろう。

なので、一ヵ月ほどここで面倒を見てもらい、それから宮殿に連れてきてもらう手はずを整えていた。その頃にはヘッダも少しはふっくらしているだろうか。

最初、レオンハルトは可愛い子猫が好きだとは人に言えなくても、痩せこけた犬が気に入っているとは言えると思っていた。

だが、この可愛らしい子犬達を宮殿に連れ帰ったりしたら、いつかは自分が可愛い生き物が好きなのだと周囲に気づかれるかもしれない。

しかし、ヘッダの出産をずっと見守っていたせいで、子犬達とは強い繋がりを感じる。

それに、ヘッダもずいぶん自分に懐いているようだ。完全に主人として見られていることにも気がついていた。

野良犬にしては馴れ馴れしいから、元は飼い犬だったのだろう。こちらが宮殿に連れ帰ると決める前から、ヘッダのほうから飼い主に決められていたような気もする。

まあ、別に文句はないが……。

それにしても、出産シーンは感動的だった。思わず目頭が熱くなったのだが、ユリアーナも感動していたから、気づかれなかっただろう
いつかはユリアーナもああして子供を産み、母親になる。

なんだか不思議だ……。

出産は命がけでもあるから、もし身ごもったらもっと優しくしよう。たくさん食べさせて、体力をつけさせなければいけない。

もちろんヘッダの出産以上に心配になるだろう。

そして、我が子のことは犬や猫以上に気にかけてしまうかもしれない。そのときに、今までのようになんとも思っていないふりなどできるだろうか。

いや……無理だ、絶対。

我が子は可愛い生き物の中には入らない。そういうことにしておいてもいいだろうか。

それとも、可愛い生き物が好きだと知られてもいいと思うか。

もう戦いが起きなければ、それでもいい気がする。

近隣諸国に平和が訪れ、属国で問題が起こらなければ……。

レオンハルトは今、国内の問題だけで手一杯だった。これ以上の戦いは必要ない。何も起こらないでほしい。

子供の頃から軍隊にいて、兵士と共にいるほうが楽だと思っていたのに、結婚してから自分は変わってしまった。

ユリアーナが変えたのだ……。

そして、今朝、ユリアーナの愛に気づいてしまった。もう以前の自分には戻れない。周囲に弱みは見せたくないが、彼女への愛を隠すことはこれから難しくなってくるかもしれない。

本当のところは、穏やかで優しい平和な世界で、彼女をただ愛していたい。それが今のレオンハルトの望みだった。

彼女のためにも戦いはもう起きないでほしい。

レオンハルトはひたすらそう願っていた。

第六章　メルティルの反乱

宮殿に帰ってきて、一週間ほどが過ぎた。

ユリアーナはサロンで女官達と共に刺繍に励んでいた。舞踏会で寄付金を出してくれた人達に、自分達が作った小さな刺繍作品を記念に渡すためだ。もちろん大したものではないが、寄付をしたという証になる。そういったものを集めるのが流行になればいいと、ユリアーナは願っていた。

隣ではベルが寝そべっていて、うとうとしている。日増しに成長しているベルだが、もうすぐ連れてこられる子犬達と仲良くできるだろうか。

大丈夫よね。ベルも賢い子だもの。

ユリアーナは今とても幸せで、穏やかな気持ちで毎日を過ごしている。

離宮で過ごした最後の日、初めて念願かなって、レオンハルトの温かい身体を感じながら目覚めて、彼の寝顔を見ることができた。

彼はユリアーナをまるで愛しいものを見るような目つきで見つめてきて、唇を重ねてきた。そして、そのまま抱いたのだ。

宮殿に帰ってきてからも、彼はユリアーナのベッドで眠りにつくようになった。彼はだいたい早起きなのだが、ユリアーナが目覚めるまで待ってくれている。それがとても嬉しかった。

彼の心にも何かが生まれたのだろうか。

あの離宮で過ごした三日の間に。

突然、指先にチクッと痛みを感じる。

「痛っ」

見ると、針を刺してしまった指先から血が出ていて、刺繍していた布を汚してしまった。

ふと、それがとても不吉なものに見えてしまって、顔をしかめる。

「どうなさいました？」

ハンナがすぐに反応して、ユリアーナの手許を覗き込む。そして、眉をひそめた。

「すぐに治療しましょう。誰か救急箱を……」

「いいのよ、これくらい。舐めておけば治るわ」

こんなものは怪我のうちに入らない。けれども、どうしてこんなに胸騒ぎがするのだろう。

そのとき、扉がノックされて開いた。サロンの中に入るには、その前室と言うべき部屋に一旦入らなくてはならないが、そこに詰めている女官が顔を出して、ユリアーナに告げた。

「たった今、皇帝陛下の側近の方が見えられて、陛下が何か緊急のお話があると。居間に来てほしいと仰せだそうです」

「……判ったわ」

胸騒ぎの原因はそれだろうか。何かあったのかもしれない。

ユリアーナはすぐに立ち上がり、居間へと急いだ。いつも二人が午後に話をするために顔を合わせている部屋でもある。いつもの時間よりずっと早いということは、やはり緊急の用事なのだ。

なんなのかしら。一体何があったの？

ユリアーナは扉を開けて、居間へと入った。レオンハルトは先に来ていて、窓から外を見ている。

「レオン……！」

彼はユリアーナに近づいてきて、突然きつく抱き締めた。そして、ユリアーナが何か言う前に唇を奪い、貪っていく。

何かとても切羽つまったものを感じて、ますます不安を感じた。彼は動揺しているようだ。それがユリアーナにも伝わってくる。

しばらくして、唇を離すと、レオンハルトはユリアーナの顔を見つめてきた。

だが、その顔には表情が消えていて、怖くなってくる。

「な、何があったの……?」

「メルティルで反乱が起こった」

その言葉の意味を理解するのに、少し時間がかかった。

「……反乱ですって？　まさか、そんなこと……」

「事実だ。命からがら逃げ出してきた兵士は大怪我を負って、治療している。武器を取り上げ、いくつかに分断したはずのメルティル軍が一斉に蜂起《ほうき》して、宰相が囚われたらしいと。いや、それは古い情報で、すでに殺されたかもしれないが」

そんな……。

メルティルの新宰相はレオンハルトの腹心の部下だった男だ。信頼して属国を任せたのだ。レオンハルトがそのことで怒りを抑えている様子なのは、よく判った。

「わ、わたしのお父様がそうしたと本当に思っているの?」

「違うのか？　おまえの父親は国王だ」

「あなたはわたしが言ったことをまったく理解していなかったの？　お父様は……というより、王族は権限なんて持っていなかったわ。持っていたのはバルデン一族で……。そうよ、追放したバルデン一族の者が再び入り込んで、軍を煽《あお》ったのよ」

「あるいはな」

彼の冷たい一言に、ユリアーナは自分の言葉が信じられていないことに気がついた。

「嘘なんか言ってないわ……！　軍を掌握していたのは、元々、バルデン一族だもの。それに……それに、わたしがギリアスの皇妃となったのに、お父様がそんなことをするわけがないわ！」

自分が人質だったことを、ユリアーナはしばらくぶりに思い出した。

ずっと幸せに酔っていたから、忘れるところだった。実際、メルティルが反乱を起こしたのだとしたら、自分の立場はどうなるのだろう。

そして、ユリアーナを妃にしたレオンハルトの立場は。

だから、彼はこんな顔をしているんだわ……。

怒りたくても怒れない。どこに怒りをぶつけたらいいかも判らない。ただ自分の甘さを責めているのだ。

「誓ってもいい。バルデン一族の誰かが軍を動かしているのよ」

「それでは……私はあいつらを追放するではなく、処刑して根絶やしにすべきだったな。もちろん……王族をそのままにしておいたのもよくなかった。城に住まわせずに、極貧に落としてやればよかったのかもしれないな」

ユリアーナは息を呑んだ。

彼は本気で怒りを抱いている。それを徐々に抑えられなくなってきているのだ。

それにしても、彼がこんな残酷なことを口にするなんて……。

「それなら、わたしを妃になんかすべきじゃなかったかもしれないわね」

売り言葉に買い言葉だが、ユリアーナはついそう言ってしまった。彼の眼差しに氷のような冷たさが戻った。

「……そうかもしれない。私の間違いだ」

彼のその一言は、何よりユリアーナの胸を抉《えぐ》った。

本気じゃないわ。本当にそう思っているはずがない。けれども、実際にメルティルは反乱を起こし、駐留していたギリアス軍を攻撃しているのだ。

「レオン……お願いよ。よく調べて。お父様はそんなことをしないわ」

ユリアーナは彼の腕に手をかけた。だが、それは無情にも振り払われてしまった。

「私は誰にも特別に情けをかけたりしない。平和のために戦うだけだ」

ダールマンが言ったとおり、彼はずっと平和のために戦ってきたのだ。それなのに、その平和は奪われようとしている。

もし、彼がユリアーナの両親、弟妹、親族を害するようなことがあれば、二人の間は引き裂かれてしまう。

たとえ子供が生まれても、愛が溢れる温かい家庭ではなくなる。冷たい不和の中に生まれ、育つことになってしまうのだ。

「あ、あなたは情けをかけてくれたわ……。思い出して。離宮で過ごしたときのことを、ヘッダは優しいあなたを主人として決めたのよ。あなたのことを信頼して……。わたしだって……」

「あれも間違いだったかもしれないな。何もかも全部。すべては幻想だった」

「そんな……」

間違いでも幻想でもない。

今朝も一緒に目覚めて、キスを交わした。そこには確かに愛があったと思う。

間違いなんかであるはずがないわ！

そう言いたかったが、彼の氷の眼差しに阻まれて、声が出なかった。

「しばらく宮殿を留守にすることになる」

つまり、彼はメルティルに軍を進めるのだ。

彼はユリアーナの傍を通り抜けて、扉のほうに向かっている。

「待って！　わたしも連れていって！」

ちらりと彼は振り返った。

「戦場は女が行くところではない。殺し合いの現場だ。凄惨《せいさん》で汚らしくて醜《みにく》いものだ。それに……おまえは人質だからな」

ユリアーナは何も言えなかった。

ただ蒼白な顔で立ち尽くす。

レオンハルトは部屋を出ていき、靴音を響かせながら去っていった。

外は急に騒がしくなり、兵士達が戦いの準備をしているのが判った。

彼は以前、父に向かって言った。

『私は決して裏切りは許さない。だから、助かる機会は一度だけだ』と。

もちろん父が反乱など起こすはずがない。しかし、レオンハルトが父を反乱の首謀者だと決めつけているのであれば……。

彼はお父様を処刑する気なの？

そして、母や弟妹達はどうなるのだろう。

ユリアーナは恐ろしさに震えを感じていた。


午後になって、すぐにレオンハルトと軍が出立した。

軍はいつでも出動できるように、日頃から準備を怠っていなかったのだろう。全軍が動いたというわけではなく、宮殿に常駐していた近衛部隊と少し離れた場所にいる部隊だけが第一陣として出立したのだが、それは恐るべき速さだった。

これから順にそれぞれの部隊が準備をして出立していき、全軍はかなりの軍勢となる。

ユリアーナは自分の部屋にこもり、ハンナだけを傍に置いていたが、つらくてならなかった。

よりによってメルティルが反乱を起こすなんて……。

絶対に父は関係していないと自信を持って言える。けれども、ユリアーナの言うことを、レオンハルトはまるで信じていなかった。

あれほど何度も自分達がどんな暮らしをしていたかを話していたのに……。

彼はひとつも聞いていなかったに違いない。

悔しくてならないが、どうすることもできない。自分はこのままただ宮殿でじっとして、レオンハルトがメルティルに残してきた王族を害するのを待っていなくてはならないのだろうか。

それはできないわ……。

とにかくここにいては、動きが取れない。反乱の首謀者はバルデン一族という証拠を彼に示さなくてはいけないのだ。

でも、どうやって……？

女官や護衛をぞろぞろ連れて、メルティルに戻るなんてことはできない。それに、馬車では到底間に合わない。荷物なんて邪魔なだけだ。

馬で戻らなくては……。

一人ならば、軍隊とは違う道を使って、メルティルへ行くことができる。

王族が害されることがあれば、レオンハルトとの仲はもう元には戻らない。彼を許すことはできないし、彼のほうもユリアーナに心を許しはしないだろう。自分にはつらい人生が待っているだけだ。

それなら……。

命を捨てる覚悟があるならば、なんでもできるはずだ。

ユリアーナは刺繍の布を放り出して、立ち上がった。

「ハンナ！　着替えるわ！　乗馬用の服を出して」

「皇妃様……こんなときに乗馬などと……」

「馬の一頭も残っていないわけではないでしょう？　それに、乗馬をするのではないわ。わたしは一人でメルティルに戻るの」

ハンナは仰天したようだった。

「まさか……！　お一人でそんな……。それに、この宮殿の誰も許しはしないでしょう。皇妃様は……」

「人質よね。判ってる。メルティルが反乱を起こした以上、わたしの立場は微妙だわ。逃げたと思われても仕方ないかもしれない。でも……ここでじっとしているわけにはいかない。メルティルに残した人達のこと、あなたも心配よね？」

ハンナの親族もまた城で働いていた。彼女は頷いた。

「バルデン一族が戻ってきて、何かしたに違いありません。メルティルでよくないことが起こったときは、すべて彼らのせいなんですから」

ハンナは硬い表情でそう言った。彼女の従兄弟はあの一族の一人に決闘で殺されているのだ。

「わたしは行くわ。用意をして」

「承知しました」

ユリアーナの乗馬服というのは、スカート部分にたっぷりと布を使った乗馬用のドレスではない。男の服だ。それも、庶民と同じで、一見すると少年のように見える。胸のふくらみは布を巻いて抑えているから尚更だ。

長い髪はひとつに結び、帽子の中に隠しておく。すらりとした細い少年のような姿になり、ブーツを履いた。

ユリアーナは王女にふさわしい乗馬の仕方も身に着けている。横鞍《よこくら》で上品にゆっくりと馬を歩かせるのだ。しかし、ひとたび、何か起これば、そんな馬の乗り方では逃げられない。

メルティルにいた頃、ユリアーナは男の姿で馬を駆る訓練をひそかにしていた。なんなら、乗馬しながら銃も撃てるくらいだ。

武器は好きではないが、身を守るためなら仕方がない。短銃と弾薬とナイフなどを詰め込んだ袋を持って、部屋を出ていく。護衛のために立っている衛兵が驚いたようにユリアーナとハンナを見つめた。

「えっ、こ、皇妃様……？」

「これから馬に乗るの」

「馬に乗る……？」

そんな姿で？

衛兵はそう言いたかったに違いないが、口をつぐんだ。メルティルに向かうと言ったら、絶対に止められていたと思う。けれども、乗馬だと聞いて、黙って通したのだった。

二人は厩舎に向かった。馬番をどうやって丸め込むかは考えていないが、なんとかなるだろう。

ところが、厩舎には馬番の他にダールマンがいた。彼は即座にユリアーナだと看破したようで、警戒したように尋ねてくる。

「一体、どうなさったのですか？　そんな格好をなさって……まさかメルティルへ？」

まさかメルティルに逃げて、レオンハルトを裏切るつもりなのかと言いたいのだろう。彼を騙すのは難しそうだ。それなら、本当のところを打ち明けるしかない。

ダールマンはレオンハルトのためなら、判ってくれるはずだ。

そう思い、これはレオンハルトのためになるのだと強調した。すると、彼は納得してくれたようだった。

「判りました。では、儂がお供しましょう」

「え……？　あなたが？」

「まさか皇妃様をお一人で行かせるわけにはいきません。儂なら、いろいろと役に立ちますぞ。あいつを説得するお手伝いも」

そうだった。ユリアーナの言うことは信じてくれないかもしれないが、ダールマンの言葉を信じないはずがない。何しろ育ての親なのだから。

「では、お願いします」

実際のところ、一人でメルティルに向かうのは少し怖かったのだ。もちろん一人で移動する訓練は受けていたが、実地経験は少ない。山賊などに襲われたら、殺されかねない。

ダールマンは素早く準備を整えると、再び厩舎にやってきた。そして、馬番に二頭の健康な馬を用意させ、宮殿の外へと向かう。

門番はダールマンには敬意を抱いているので、容易く通してくれた。その横にいるのが、まさか皇妃だとは想像もせずに。

「裏道を行きますか？」

「もちろんよ」

二人はメルティルへと馬を走らせていった。

軍隊は大勢で移動するもので、時間がかかるものだ。

兵士は馬だけでなく、徒歩で移動する歩兵もいる。昔のように甲冑《かっちゅう》を着ているわけではないが、銃やら剣やら装備も必要だ。いかに日頃から訓練しているとはいえ、それほど素早く移動できるわけではない。

その点、ユリアーナとダールマンの装備はそこまで重いものではなく、しかもたった二人だ。軍隊は通れないような細い裏道も素早く駆け抜けていく。そうして二人がメルティルの国内に入ったのは、翌日の夜だった。

街道の国境は封鎖されているだろうし、メルティル軍が蜂起したならそこは押さえていて、ギリアスの軍隊を妨害するだろう。けれども、裏道から入ってきた二人のことはただの旅人として、誰からも見咎められることはなかった。

「まずは、身体を休めつつ情報収集と行きましょう」

ダールマンはユリアーナを連れて宿屋へ行き、部屋を二つ取ってから食事をした。ユリアーナは少年のふりをしているので、ダールマンが配膳《はいぜん》している女将にメルティル軍について訊いてくれた。

「なんでも、軍隊が動いて、大変なことになってると聞いたが？」

女将はユリアーナにミルクを差し出しながら顔をしかめた。

「やっとバルデンの奴らがいなくなって、この国はよくなるって思ったんですけどねえ。どうせ軍を操ってるのは、あいつらですよ」

「そいつらが戻ってきたってのは、確かな話かい？」

「まあ、噂ですけどね。見た奴がいたとかいないとか……」

それはずいぶんあやふやな話だ。だが、バルデン一族がこの国を牛耳っているという噂は、庶民にも広がっていたらしい。

よかった。それなら、国民も別に王族を嫌っているわけではないのね。

ダールマンと女将の会話に、別の男の客が割って入ってきた。この話はどうやら国民の関心事なのだろう。

「軍って言っても、メルティル軍がみんなギリアスに立ち向かったとかではないようですよ」

「それはどういう意味だい？」

「つまりね……ギリアス軍は少数で王都にいたわけでしょ。そいつらなんかをやっつけるだけの兵士を寄せ集めて軍にしたわけです。元々、メルティル軍として戦っていた兵士のほとんどは、まだどっちについていいか判らないって話です」

「なるほど……。軍全体が蜂起したってわけじゃないのか」

「そうそう。だから、バルデンがまだどこかに金を隠し持ってて、兵士達を動かしてるんじゃないかって噂になってるんですよ。国王はバルデンがいなくなって、誰よりもほっとしていて、恐らくギリアスに感謝してるのに、なんで追い出すようなことをしなくちゃならないんですか」

この男の言うことには説得力があり、ユリアーナは思わず大きく頷いてしまった。

父がギリアスに抵抗する理由は何もないのだ。ギリアスの属国となったが、娘は皇帝と結婚して、姻戚関係になった。バルデン一族にいつか命を狙われるかもしれないと怯えたり、逃亡の準備までしていたことを考えると、メルティルの国王でいられる保証ができたのだから、わざわざ軍を動かす意味が判らなかった。

そうよ。わたしもそんなふうに理詰めでレオンに説明すべきだったんだわ。

といっても、メルティルのことをあまり理解していないレオンハルトに、その説明が有効かどうかは判らなかったが。それでも、ただ父はそんなことをしないと言い続けるより、ずっとよかっただろう。

あのときは、突然のことで頭が混乱していたのだ。今度、説明する機会を得たら、ちゃんと冷静に話をしようと、ユリアーナは心に誓った。

それからも、バルデン一族の悪口で食堂は盛り上がっていたが、ユリアーナは眠くなってしまって、途中で退席することにした。

「ゆっくり寝るんだぞ、坊や。明日は早いからな」

ダールマンの軽口を聞いてカチンときたが、情報収集に努めている彼には感謝しているので、ただ手を振るだけにしておいた。

それにしても、ダールマンは隠居の身にしておくのは惜しいのではないだろうか。本人も、いつもすることがなくて厩舎や兵舎の辺りをウロウロしているから、兵士達に煙たがられていた。

もし無事に帰れたら、彼に何か仕事をしてもらうよう、レオンに進言してみようかしら。長い距離の山道を馬で駆け抜ける体力があり、情報を上手く聞き出す知力も衰えていない。レオンハルトは年を取った彼を思いやって、宮殿に部屋を与えて隠居させているのかもしれないが、何か能力を生かせる仕事をしたほうが彼のためになるのではないだろうか。

だって、初めて会ったときより、ずっと生き生きとしているもの。

ユリアーナは部屋に戻って、顔や手足を洗うと、早々にベッドに潜り込んだ。昨夜は山の中で焚火をたいて寝たから、身体のあちこちが痛い。自分よりはるかに年上のダールマンが文句のひとつも言わなかったので、ユリアーナも黙っていたが、やはり野宿なんてできることならしたくない。

でも、レオンハルトが王族を処罰しようとする前に、この問題を解決しなくちゃいけないから。

両国だけではなく、自分達の将来がかかっている。

そのためなら、野宿でもなんでもするわ！

そんなことを考えながらも、ユリアーナはあっという間に眠りについていた。


翌日は早朝から王都へ向かった。

ダールマンが得た情報によると、今、バルデン一族らしき誰かがかき集めた兵士達のほとんどは国境に向かい、ギリアス軍を待ち受けているらしい。ということは、王都や城は手薄で、つけ込む余地があるのではないかという予想を立てたのだ。

レオンハルトのことは心配だが、元々、ギリアス軍は戦いに長けている。寄せ集めの兵士達に負けるとは思えない。だから、そちらはレオンハルトに任せるとして、自分達は肝心の城の中がどうなっているのかを偵察することにした。

そして、隙があれば、囚われている者達がいるなら助けたい。

何がどうなっているのか、事実確認がまず必要だ。王都に着き、雰囲気のよさそうな食堂に入って、事情を聞いてみた。雰囲気のよさそうな……と限定したのは、たとえば反乱を起こした側の兵士やらバルデンと関わりのある者がいたら、自分達の身が危ないからだ。

人のよさそうな食堂の主人は困り顔で話してくれた。

「この王都もいつ何がどうなるか判らないから、みんな、これからどうしようかと。万が一、ここが戦場になったりしたらねえ。今のうちに逃げたほうが安全じゃないかって話をしてますよ」

「戦場になる可能性があるのかい？」

「それは判らないですけどねえ。寄せ集めの下品な奴らが、今はメルティルの軍隊だなんて名乗ってるんですよ。あいつらなら略奪もしかねない。今は国境のほうにほとんど行ってるからいいけど、戻ってきたら……」

「メルティルの元々の軍はどうなってるんだ？」

「ギリアスの奴らにバラバラにされちまって、碌な武器もないんですよ。それに、国王が捕まってるって話だ。早い話が王様を人質に取られているから、動けないのかも」

お父様が……！

ユリアーナは思わずカップを倒してしまい、謝る羽目になった。

「その下品な奴らの一部は、城に居座ってるってわけだな？」

「いっそ、俺達で王様を取り戻せないかって……。いや、これは冗談ですよ。本当。俺達が武器を持った奴らにかなうわけがない」

主人は慌てて前言を取り消した。が、意外とそういうことも話し合っているようだ。実際に行動に移すかどうかはともかくとして、こうした不安な情勢にはうんざりしているみたいだった。

二人は行く先々で情報を集めながら夜を待った。

というのは、もちろん城に忍び込むためだ。王都自体も門に囲まれていたが、城は濠に囲まれているから、容易には入れない。

ダールマンの予想では、今日の昼には国境で戦闘が開始されて、すでにギリアス軍が勝ったのではないかということだった。寄せ集めの兵士達だけだと仮定しての話だが、メルティル正規軍にも圧勝していたのだから、決着は早いだろう。

バルデン一族の者達は、もう一度対戦したら負けないとでも思っていたのだろうか。長年、この国を自分達で好き勝手にしていたから、権力の座に執着しているのかもしれない。

日が暮れ、静かな夜になった。おあつらえ向きに満月だ。ダールマンはずいぶん歩き方が速い。ユリアーナは彼を見失わないように、必死でついていった。

「皇妃様は本当に性根が座っておられるようだ。城に忍び込もうとまでしているんだから。男だったら、いい兵士になっただろうに」

「皇妃様って言わないで」

「はいはい。行くぜ、坊や」

城は跳ね橋を上げてしまえば、濠に邪魔されて、中には入れないようになっている。昔ながらの城塞《じょうさい》だ。けれども、ただ一箇所だけ、入れる場所がある。

というより、一箇所だけ逃げる場所があると言ったほうがいいかもしれない。本来は城の中の人間が安全に逃げ延びるための通路だ。だが、もちろん逆を辿ることも可能なのだ。それは、王族の中でも一部の人間しか知らない。情報が洩れて悪用されては困るからだ。

二人は城の近くにある教会に向かった。

教会の敷地内には王族の人間が地下室に葬られている霊廟《れいびょう》がある。ユリアーナはダールマンをそこに案内した。そっと扉を開けて、二人は中へと入る。扉を閉める前に蠟燭の火をつけることは忘れなかった。

美しく造られた礼拝所の下には、地下室がある。そこへと入る隠し扉を開き、階段を踏み外さないようにと下りていった。地下室はますますひんやりしていて、とても静かだ。

大きく頑丈な棺《ひつぎ》がたくさん並んでいて、そこに眠っているのはユリアーナ自身の先祖なのだが、見ていてあまり楽しい光景ではなく、どちらかというとぞっとしてしまう。

ユリアーナは勇気を振り絞り、奥へと進んでいった。奥へ行くに従って、古い時代のものになるが、突き当たりの壁の真ん中に置かれた棺を指差す。

「これよ」

棺に見えるが、実はそうではない。ただの通路の出入り口なのだ。

といっても、見た目には普通の棺と変わらない。

「本当にそうなのか？　開けると、ご先祖さんが出てくるんじゃないだろうな？」

「わたしを信じてよ」

頑丈そうに見える蓋《ふた》も、実は開けるのにそれほど力がいらないのだ。ただ、判っていても、棺の蓋を開けるのは少し怖い。

これもレオンのためなのよ……。

いや、彼だけでなく、ユリアーナ自身や両親や弟妹、親族のためでもある。メルティルの国民のためでもある。

勇気を振り絞って、蓋に手をかけると、あっさりと外れてしまった。ダールマンは恐る恐る燭台の火を近づける。

「こいつは驚いた。階段があるじゃないか」

「わたしの言ったとおりでしょ」

間違いなかったことにほっとしつつ、二人は慎重に階段を下りていった。この暗くて冷たい地下道を通り抜けると、ちゃんと城内に行き着けるのだ。

「もしかして、濠の下になっているのかい？」

「そういうこと。逃げるための訓練もしたことがあったのよ」

そのわりには、棺の蓋を開けるときにおっかなびっくりだったのだが、一応、上手くいったのだから、これでよしとしよう。

長く歩いていって、ある場所から今度は階段があり、そこから上がるようになっていた。

「ここはもうお城の中なの」

「建物の中に出るのか？」

「そうじゃなきゃ、いざというとき逃げられないでしょう？」

長い階段を上がると、ようやく扉が出てきた。ユリアーナはほっとする。ここの鍵はまだ持っている。このために、わざわざこの服を着るときに持ってきたのだ。

ユリアーナは服の下に隠している鎖を引っ張り出した。先には鍵がついている。それで鍵を開けて、息をついた。そして、音がしないようにそっと扉を開く。

目の前には衣装がたくさんある。母のドレスだ。つまり、ここは母の衣装部屋の壁となっていた。

ドレスをかき分けて、蠟燭の火が燃え移らないようにしながら外に出る。後ろからダールマンも出てきた。

「生きて出られてよかった」

確かに暗い霊廟の棺から長い地下道を歩いてきたのだから、そんな気になるのも判る。ユリアーナ自身も、生き返った気分だった。

「さて、これからどうする?」

「ここは母の衣装部屋なの。まずは両親の無事を確かめたいわ」

ユリアーナは先に立って、衣装部屋の扉を小さく開いてみた。中に敵がいないかどうかは重要だ。

そこは母の寝室だったが、母だけでなく、弟妹達が絨毯の上に身を寄せ合って座り、何か話していた。他には母の昔からの侍女しかいない。ユリアーナは安心して、扉を静かに開いた。

「何者っ?」

侍女と母はさっと緊張して、子供達を守ろうとして立ち上がった。

「わたしよ」

ユリアーナは帽子を取った。すると、ひとつに結んだ長い金髪がはらりと落ちてきた。みんなが一斉に緊張を解いて、笑顔になる。

「あなたなの！　一体どうして……。ああ、秘密の通路を使ったのね。そちらの方は？」

母は目敏くユリアーナの後ろにいたダールマンのことを訊いてきた。

「こちらはダールマン。ギリアスの退役軍人で、レオンハルトの育ての親みたいな人なのよ。わたしを護衛して、ここまでついてきてくれたの」

「まあ、遠いところをわざわざ……。わたし達のことがギリアスに伝わって、助けにきてくれたのね？　でも、どうしてユリアーナが？」

確かに母にしてみれば、ユリアーナがこんな格好で退役軍人を連れて、秘密の通路からやってくるなんて、どうなっているのだろうと疑問に思うことだろう。

「ギリアスには、メルティルが反乱を起こしたということになっているの。レオンハルトは軍を率いて、メルティル軍と戦おうとしている。わたしは真相を調べに来たのよ。お母様、お願いだから簡潔に現状を話して。……ああ、そうだ。お父様はどこに？」

ユリアーナは弟妹達と同じように母の傍に座った。ダールマンは後ろに控えているが、もちろん話はちゃんと聞いている。

母は悲しそうな顔になった。

「お父様は囚われているわ。もちろんメルティルが反乱を起こしたわけではなくて、追放されたはずのバルデン一族が戻ってきたの。彼らは隠し財産があったらしくて、それをばらまいて、武器を調達し、バラバラになった兵士達を集めたのよ。城に攻め入り、宰相や生き残ったギリアス兵士を牢に入れ、お父様を軟禁したの」

ユリアーナは頷いた。

「わたし達もあちこちで情報を集めてきたわ。寄せ集めの軍勢はギリアス軍がやってくることを見越して、国境に向かったと。ここにはあまり兵士が残っていないと聞いたけど」

「その代わりオットーがいるわ。最悪の男が。とにかくお父様を押さえていることで、わたし達が何も行動を起こせないようにしているのよ。そして、メルティル軍を再び集結させようとしているわ。今はまだ上手くいっていないようだけど……」

「ここにいるバルデン一族の者はオットーだけ？」

「あと二、三人ほどいたと思うけど、大したことはないわね。そもそも、バルデン一族がみんな戻ってきたわけではなくて、若い男達だけみたいよ。他の人達は隠し資産があるから逃げたのに」

「まだ甘い汁が吸いたかったのかしらね」

バルデン一族は厄介だったが、中でもオットーはひどい男だ。権力を持たせてはいけない残酷な男なのだ。城勤めの人間が誰か一人、吊るし首にしたいと思う人物を選ぶなら、一番に名前が挙げられるだろう。

よりによって、オットーが……。

残酷だけならまだいいが、非常に狡賢くて卑怯な男なのだ。だが、何故だかギリアス軍には勝てると思っているらしい。そこが不思議だった。一度敗れたのに、どうして寄せ集めの軍勢で立ち向かおうとしているのだろう。

「ユリアーナがギリアスの皇帝の妃になったから、独立国として認めてもらうように交渉するつもりらしいわ。まさか妃の父親を殺すことはないだろうと。つまりお父様を後ろから操り、交渉をさせ、ダメでも責任を負わせるつもりみたいなの。宰相やギリアスの兵士達は国王の命令で投獄されたのだと思っているらしいわ」

「だから、そういう報告がレオンハルトの許に入ってきたのね……」

単に、メルティルの反乱だと。

そして、レオンハルトはそれを信じたのだ。

ユリアーナは心の痛みを思い出したが、それをなんとか押しやった。今は落ち込んでいる場合ではない。

「レオンはメルティルに甘い顔をするのではなかったと後悔していたわ。妃の父親だろうが、彼は平和のためなら処刑できる人なのよ。それに、オットーが後ろに上手に隠れているつもりでも、そんなことはすぐにばれるはず……」

そもそも、オットーはどうやって父を操るつもりなのだろう。彼の計画によれば、レオンハルトと交渉するのは父の役目らしいが。

ユリアーナはそのときに弟妹達が妙に元気がないことに気がついた。そして、肝心な人間が足りないことに。

「ねえ……。お父様以外に誰かオットーに捕まっているの？　まさか……」

母は即座に顔を曇《くも》らせた。

「ええ。ファビアンよ」

そのときまで黙っていた一番上の妹が口を開いた。

「塔に閉じ込められているのよ。絶対、逃げられないように」

ファビアンは王太子だ。ユリアーナより四歳年下の十四歳の少年だ。

家族はそうやって分断されている。だから、母と弟妹達は身を寄せ合っているのだ。離れ離れになることが怖いからだ。それに、いざとなれば、母の部屋からは逃げ出すことができる。

ユリアーナはファビアンが王太子であることをダールマンに教えた。

「二段構えで囚われているのか。それなら、オットーって奴をどうにかしたほうが早いな。オットーってのは、城のどこにいるか判りますか？」

ダールマンは母に尋ねた。

母は侍女に紙を持ってこさせた。そして、城の説明から始めた。ダールマンが頼りになる男だと直感的に判ったのだろう。

バルデン一族は城の中に自分達の部屋を持っていた。そこに彼らはいて、父もそこに囚われているようだ。城に元々いた衛兵達もオットーの言いなりになっているようで、敵と見なしたほうがいいだろうということだ。

「で、塔はこっちにあるのか。衛兵はどこにいるか判りますか？　だいたいでいいから教えてください」

ダールマンは母が書いた城の中の図に情報を書き込んだ。

「衛兵が向こうに寝返っているとなると、儂と皇妃様だけではどうにもできそうにないな。よし、これをレオンの許に届けよう。空が白み始めた頃に動けば、軍勢が王都に着くまでに合流できるだろう」

「レオンは信じてくれるかしら」

「きちんと合理的な説明をすれば信じないわけがない」

ユリアーナは不安だったが、確かに自分とダールマンでオットーを倒したり、ファビアンと父を救出することは無理そうだった。

ユリアーナは武器も扱えるし、多少の武術は心得ているが、それでも戦うためというよりは護身術でしかない。後はひたすら逃げるため、生き延びるための手段しか教えられていない。

「皇妃様はどうする？　ここに残るのも安全とは言えないが」

「もちろん、あなたと一緒に行きます」

自分にはレオンハルトに説明する義務がある。自分はメルティルの元王女だ。ダールマンに任せておくわけにはいかない。

ユリアーナは母の手を握り、弟妹達の顔を見回した。

「もう少しだけ我慢して。必ず助けにくるから」

レオンハルトが信じてくれないなら、自分だけでも助けに帰る。絶対に両親や弟妹達を見殺しにはしない。

「行きましょう、ダールマン」

ユリアーナはまた暗い通路に戻るために立ち上がった。

レオンハルトはメルティルの城へ向けて進軍していた。

辺りは草原が広がり、気持ちのいい風が吹き抜けている。小川が流れているのを見て、もう少し進んだら休憩を入れようと思う。

それにしても、国境付近の戦いでのメルティル軍のあっけないほどの弱さには驚いた。あっという間に壊滅状態になり、散り散りに逃げていってしまったのだ。一体、あれはなんだったのか。どこからか武器や馬は調達していたが、それだけだ。そもそも統率すら取れていなかったし、人数も多いとは言えなかった。

反乱を起こすなら、もっと決死の覚悟で来ると思っていたのだが……。

愛国心がある者達ならば、敵であっても敬意を払うが、彼らは金で雇われた者にしか見えなかった。だから、怪我人を見捨てて、さっさと逃げ出してしまったのだろう。

だが、あまりにもあっけなさすぎるので、ひょっとしたら罠《わな》かもしれない。正規軍がどこかに潜んでいるのではないかと思いながらも、街道を進んでいた。

レオンハルトは軍勢の先頭ではなく、真ん中辺りに近衛隊と一緒にいたが、先頭から馬が駆け戻ってきて、隊長が報告をしにきた。

「陛下！　旅人のような者が二名、街道の真ん中を塞いで立っております。軍勢を見ても退こうとするどころか、こちらをじっと見ています。老人と少年ですが、脅かしてみましょうか？」

民間人はこの軍勢を見れば、だいたい避けるのが普通だ。脇道にそれるか、街道の隅で軍勢が通り過ぎるのを待つものだが、そうしないのは何か理由があるのかもしれない。

それとも、何かの罠なのか。

レオンハルトはそれを見極めたくて、隊長と共に馬を駆り、先頭のほうへ向かった。

確かに、老人と少年がそれぞれの馬を下りて、街道の真ん中に立ち尽くし、こちらを睨んでいる。

「あれは……ダールマンじゃないか！」

レオンハルトはよく知っている顔を見つけて、そちらに馬を走らせた。彼はどうしてこんなところにいるのだろう。まさか、一緒に進軍したかったのだろうか。もうそれなりの年齢なのだから、おとなしく宮殿で隠居していればいいものを。

レオンハルトは彼の前まで進み、馬を下りた。

「ダールマン、一体……」

彼の傍らにいる少年が帽子を取った。レオンハルトはそれを見て、言葉が出なくなってしまった。

「ユリアーナ！　どうしておまえがここに……？」

ダールマンがこの場にいること以上に、驚きを禁じ得ない。唖然《あぜん》として、男装している彼女を見つめた。

宮殿を出立する前、売り言葉に買い言葉で喧嘩《けんか》別れのようになってしまったが、レオンハルトはそれを後悔していた。あんなふうに冷たく突き放すつもりではなかったのに、何故だかそうなってしまった。

だが、それでも勝手に宮殿を離れたばかりか、男装してメルティルに来ていたとなると問題だ。彼女はメルティルの元王女で、反乱を起こしたのは彼女の父親だからだ。

結局、ユリアーナは自分より家族のほうが大事なのかもしれない。そして、嫁いだギリアス帝国よりメルティル王国のほうを大切に思っているから、こうして危険を冒して、男装までして来たのだろう。

私は彼女を愛しているというのに……。

彼女の気持ちはきっと違う。そう思うと、胸が苦しくなってくる。

本当は抱き締めて、会いたかったと伝えたい気持ちもある。もしくは、こんな危険な真似をするなんてと叱責《しっせき》したい。けれども、今のレオンハルトはどちらもできなかった。

彼女は必死な面持ちで訴えかけてくる。

「レオン……聞いて。わたし、どうしても父が反乱を起こすとは信じられなくて、城を攻撃される前に事実関係を確かめたかったの」

やはり、彼女は家族に対する愛情は深いのだ。

恐らく自分に対する以上に。

「ダールマンはどうしてここにいるんだ？」

「儂は護衛だ」

レオンハルトはくたびれた格好のダールマンを見て、顔をしかめた。こんな年寄りではなく、屈強な男でなければ彼女を守れないのではないか。

「もっとましな護衛はいなかったのか」

それを聞くと、ユリアーナは急に怒り出した。

「失礼なことを言わないで！　彼はとっても頼りになったわ！　親切で優しくて、わたし達、すごく気が合っているんだから！」

「そうさ！　儂はその辺の若造なんかには負けてはおらん！　しっかりと皇妃様を守って、メルティル城にも忍び込んだのに」

レオンハルトは彼の最後の一言に目を見開いた。

「城に忍び込んだ？　まさか二人で？」

「そうさ。二人で手に手を取り合って、城に忍び込んで、情報を仕入れてきたんだ」

なんなんだ、この二人は。

二人は顔を合わせて、にっこりと笑っている。城自体は、ユリアーナにとって生まれ育った場所だ。だが、彼女は敵がそこにいると信じていたはずだ。それなのに、ダールマンと冒険でもするように忍び込んだというのか。

レオンハルトはなんだか眩暈《めまい》がしそうだった。

「とにかく、この辺りで休憩するから、しっかり話を聞かせてもらおう」

本当はもう少し先で休むつもりだったが、ここでもいいだろう。全軍に指令を出し、休憩に入った。レオンハルトは自分の馬の世話を頼み、木陰に彼らを連れていき、そこに座った。

早速、ユリアーナは山道を通って軍隊より早くメルティルに着いたこと、宿屋や食堂で集めた情報を話し始めた。そして、城に入る秘密の通路を使って侵入し、そこで母親と会い、詳しい情報を聞いたことを話した。

これが私の可愛い妃ユリアーナなのか……。

彼女が賢いことは知っていた。案外、おてんばなのも気づいている。だが、彼女が今まで語っていたメルティルでの暮らしを全部、信じていたわけではなかった。

いや、嘘だと思っていたわけではなく、少し大げさに語っているのだと解釈していたのだ。なんといっても、彼女は生まれながらの王女だ。いくら自分が皇帝となったとしても、本来の身分は違うのだと。

だが、彼女は山道を馬で駆け抜け、野宿もし、地下道を通って敵のいる城へも潜入した。これほどの勇気を持っているとは気づかず、自分は彼女の訴えを無下に退けた。

皇帝として、軍隊を率いる者として正しい判断をしたつもりだったが、本当は公正な目で見ていなかったに違いない。妃に気を取られていると周囲に思われたくなかったばかりに、誠実な訴えを取り上げなかったのだ。

私が間違っていた……。

それをやっと理解したものの、素直に認めたくない気持ちもある。ひとつは、彼女が夫ではなくダールマンを信頼し、二人で冒険をやり遂げたからだ。

いや、もちろん自分が彼女を信じなかったからなのだが、嫉妬に近い感情が湧き起こる。もちろん、嫉妬を感じるのは間違っていると思うだけの理性はちゃんとあった。信頼に応えなかった自分が悪い。

彼女のおかげで正確な情報が集められたのも事実だ。彼女を誇りに思う気持ちもある。勇気や行動力を讃えたいとも思う。感謝したい気持ちもあった。

しかし、その原動力が、家族や親族、そして故国への愛だと思うと、どうも素直になれない。

頭の中はいろんな感情が湧き起こり、どういう態度を取っていいかも判らない。

レオンハルトはとりあえずダールマンのほうを見て話しかけた。

「それで、その詳しい情報というのは？」

これではユリアーナを無視した形になってしまう。ダールマンもそれに気づいたのか、しかめ面になった。しかし、非難することはなく、自分達が得た情報を話してくれた。そして、王や王太子がどこに囚われ、敵がどこにいるのかを教えてくれる。

それにしても、レオンハルトは冷酷な男だという評判を得ていたはずだったのに、妃の父親が国王だというだけで、属国にしたばかりの国を独立させると、どうして思われたのだろう。ユリアーナに夢中だという素振りを人前ではなるべく控えていたはずなのだが、自分が考えていた以上にそれが出ていて噂になっていたのかもしれない。

あれだけ努力していたはずなのに……。

「……判った。では、まずギリアス軍は城を取り囲む。その間に少数の人間が通路から潜入し、ひそかに王太子を救出する。その間に王妃と子供達に通路から逃げてもらう。その後で、オットーとやらの思惑どおりに国王と交渉したいと言うんだ」

「国王が出てくれれば、その場で保護するというわけだな」

「問題はオットーが誰なのか、我々には判らないということなんだが」

　ダールマンは肩をすくめた。

「そこの坊やに頼むんだな。オットーどころか、他の仲間も逃がしはしないさ」

　自分の妃を坊や呼ばわりされて唖然とする。しかし、レオンハルトは彼には頭が上がらなかった。

「ユリアーナは連れていけない。危険すぎる。もし何かあったら……」

「すでに城に潜入しているんだ。危険ならおまえが守ってやればいい。儂がついていってもいいが」

「もっとよくない。頼むから……」

　年寄りなんだから、おとなしく引っ込んでいてくれとは言いにくい。やはり育ての父親だからだ。

「判ったよ。だが、坊やだけは小姓《こしょう》か何かのように荷物を持たせて連れていくんだ。城の中もよく判っているから、絶対に役に立つ。保証してもいい」

　レオンハルトは仕方なく承知した。

　彼女を危険に晒《さら》したくないのだが、この場合、彼女ほど役に立つ人間はいないだろう。

レオンハルトはちらりと彼女を見た。が、目が合うと視線を逸らされる。やはりさっき無視したのがよくなかったのだろう。完全に怒らせたかもしれない。

さっきは頭がいろんな考えや感情で混乱していたが、今なら素直に謝るべきだったと判る。

「ユリアーナ……」

彼女はこちらをちらりと見た。

「私が悪かった。一緒に城へ行って、悪党のことを教えてほしい」

後でいくらでも謝るが、それは二人きりのときにしたい。育ての父親の前で愛情表現をするのは気恥ずかしいのだ。

ユリアーナは小さく溜息をついた。

「判ったわ。お父様を助けて、メルティルを救うためだもの」

レオンハルトもほっとした。優しい彼女が拒絶するわけはないと判っていたが、敵地に乗り込むなら、関係をよくしたほうがいいに決まっている。

「でも、ダールマンには秘密の通路を使って、母と弟妹達の避難を助ける役目をしてもらうわ」

「なんだって？」

「通路を実際に使ったことがあるのは、わたしと彼だけよ。ファビアンを救出する役目をする人達を案内してもらわなくちゃ。それに、ダールマンは母達と顔を合わせているから、警戒されずに済むわ」

なるほど、そういう利点があるのか。やはり彼女は賢い。

レオンハルトは頷いて、彼女に笑いかけた。すると、彼女もわずかに微笑んでくれて、少しは心が和んだ。

早いところ彼女の親族を助け、敵を始末し、メルティルを救おう。そうすれば、彼女の怒りも治まるかもしれない。

もちろん、この国で二度とこんなことが起こらないように、しっかりと道筋をつけておきたいという気持ちもある。バルデン一族に限らず、裏切り者は厳しく処罰しなくてはならない。そのことを彼女が非難せずにいてくれればいいのだが。

すべては平和へと続く道なのだ。

それはレオンハルトの信念でもあった。

ユリアーナはレオンハルトの小姓として、長い廊下を彼の銃と帽子を恭しく持って歩いていた。

ファビアン救出作戦は上手くいき、母と弟妹達も無事に避難できた。レオンハルトは計画どおり城を軍隊で取り囲んでおいて、国王と話したいと訴え、交渉することになったのだ。後は父の安全を確保して、オットー達を捕らえることだ。裏切った衛兵達はバルデン一族の者が捕らえられてしまえば、大した抵抗もしないだろう。

ユリアーナは緊張の面持ちで、レオンハルトの後ろをついていく。彼は力強い足取りで、歩幅も広い。それを見ていたら、彼ならすべて間違いなくやってくれるに違いないと思えてきて、緊張が少し解けていく。

彼が情報について、自分ではなくダールマンに訊いたときには腹が立った。最初はひと言も謝ってくれなかったことについても、ムッとしていた。

できれば、人前でも抱き締めてくれて、よくやったと褒めてもらいたかったのに。

彼は男装しているユリアーナをじろじろ見ていた。触ろうともしてくれなかった。愛されていると思うときもあったが、きっとあれは単なる気のせいだったに違いない。

彼が気にするのは、皇帝としてどうあるかということばかり。

どうせ、わたしのことなんて……。

とはいえ、結局は謝ってくれたのだから、それでよしとしよう。

まだ胸のどこかではモヤモヤしていたが、今はそれどころではない。レオンハルトのことより、まず父を救うことだ。そして、自分がすべきことは、レオンハルトとその側近のふりをした兵士達に、オットーやその仲間が誰なのか教えることだ。

そして、ユリアーナはレオンハルトが『今だ』と叫んだときに、迷わず床に伏せる。それだけは何度も繰り返し言われた。相手が銃を撃ったときのためらしいが、それならレオンハルトも父も、そして他の人達も無事では済まないのではないかと、気が気ではなかった。

どちら側の兵士も交渉の場に入れないということになっているが、どうも不安を感じる。向こうも約束を守る気はないかもしれない。

やがて、案内していた男が長い廊下の突き当たりで立ち止まり、扉を開いた。そこは広間で、奥のほうに父が椅子に座らされ、その両脇に側近のような面持ちでオットーとその従兄弟が立っていた。そして、もう二人、バルデン一族の若者が更に横に立っている。首謀者はこの四人なのだろう。

一番の悪者はやはりオットーのようだったが。

父はとても顔色が悪かった。以前より痩せているようにも見える。もしかしたら具合が悪いのではないかと心配した。

表情を見たが、父も小姓が自分の娘だとは気づいていないようだった。

レオンハルトは自分が腰に下げていたサーベルを取り、ユリアーナに渡した。そのとき、ユリアーナは彼に小声でオットーとその親族が誰かを伝えた。

そして、銃と剣と帽子を持ったユリアーナは少し後ろに下がり、レオンハルトの側近という役どころの兵士達にも同じことを伝える。

ここに来る前に、一番危険な男はオットーなのだと彼らに念を押している。なんとか上手く捕らえてほしいと、ユリアーナは願っていた。

レオンハルトはオットーの企みに気づかぬふりをして話を始めた。

「メルティルは我がギリアス帝国の属国となったはず。戦力には差があるというのに、反乱を起こせば、どうなるのか判らないわけではないだろう。確かにあなたは私の義父ということにはなるが……」

父はオットーに何か囁かれ、恐らく決められたとおりのことを口にした。

「そうだ。あなたは私の娘の婿ではないか。ユリアーナはそのうち跡継ぎを産むだろう。前祝いとして、メルティルを属国から解放してくれぬか？」

「あなたの望みはそれだけなのか？　メルティルを独立国にしたいと？」

「それだけだ。武力に訴えようとしたのは愚かだったかもしれない。最初からあなたと話すべきだった」

「そうだ。話し合いで済めば、血を流さずに済んだ」

父はレオンハルトに同調するように深く頷き、目を閉じた。きっと犠牲になった兵士のことを考えているのだろう。

「他ならぬ愛しいユリアーナの故国だ。彼女のために独立を認めてもいいだろう」

愛しいユリアーナ……。

いや、これはオットーを油断させるためなのだから、本気で言っているわけではない。芝居の台詞《せりふ》みたいなものなのだが、こんなときなのに、ユリアーナは少し嬉しかった。

「ところで、宰相はどうなったのだ？」

オットーがまた何か父の耳元で言った。

「……牢にいるが、いつでも釈放できる」

「では、まず解放してもらおう。それから、独立国として認めると書類を作成して、サインをしよう」

父は頷いたが、またオットーに何か言われていた。父は疲れたような顔をして頷く。

「サインのほうを先にしてくれ。書類はできている。二度とメルティルには軍を差し向けないという条件も盛り込まれてある」

なんて都合のいい条件なのだろう。こんな杜撰《ずさん》な計画が上手くいくと思っていたなら、悪賢いと言われたオットーも焼きが回ったものだ。それほどまでに、メルティルを自分のものにしたいのだろうか。

バルデン一族の一人が書類を持ってきて、レオンハルトに渡した。彼はそれをじっくりと読むふりをしている。

父をどうやったら助けられるだろう。まず父が椅子から立ち上がり、オットー達から離れなくてはならないはずだ。

どうしたらそんな機会が作れるの？

ユリアーナはまた緊張してきて、気分が悪くなりそうだった。

レオンハルトの前に、小さな机と椅子が運ばれてきた。彼はそこに座る前に、側近に相談するふりをして近づき、何事か喋った。

恐らく父を助ける作戦を話したのだろう。側近役の男性は頷き、別の男にそれを伝える。

ユリアーナは内心やきもきしながらも、それを見守っていた。

上手くいくかしら……。

でも、レオンならきっとやってくれるわ！

正直オットーなんてどうでもいい。父さえ無事でいてくれれば。

ユリアーナはただそれを願った。小姓として澄ました顔で銃とサーベルを持ち、後ろに控えていたが、手が震えそうだった。

レオンハルトは椅子に座り、書類に署名をする。そして、立ち上がると手を差し出した。

「さあ、これでメルティルはあなたのものだ」

握手を求められた父はごく自然に椅子から立ち上がり、彼の傍へ行く。レオンハルトは父の手を握ると同時に叫んだ。

「今だ！」

ユリアーナはさっと床に身を伏せた。レオンハルトが父を床に押し倒したのと、側近のふりをしていた男達が隠し持っていた短銃を撃ったのは同時だった。

それは一瞬のことで、床に伏せていたユリアーナは銃声が鳴りやむと、顔を上げた。父の傍にいたバルデン一族の男達はオットーを含め、全員倒れていた。奥の部屋に潜んでいた衛兵が飛び込んできたが、武器を取り落として、身体をブルブル震わせた。反乱を起こした頭となるべき人物が倒されてしまった。もう誰も抵抗しないだろう。

レオンハルトは父を助け起こした。二人とも、無事のようでほっとする。

「お父様……！」

そのとき、父はやっと小姓がユリアーナだと気づいたようだ。

「ユリアーナか……！　おまえ達、全部判っていて、助けに来てくれたんだな。ありがとう！」

父が手を広げたので、ユリアーナはそのまま抱きついた。父子はしっかりと抱擁して、無事を喜んだ。

「念のため、ファビアンは救出してもらっているわ。お母様達もよ」

「そうか……。よかった。本当によかった」

父は抱擁を解くと、例の書類を破り、レオンハルトに向きなおった。

「こんなことになって本当にすまない。せっかく政務を任せてもらえたのに、あいつらの罠にはまってしまって……。息子を人質にされたとはいえ、あいつらの言いなりになるなんて情けない」

「いや、子供は大事だ。私があの男達を追放などという甘い処分をしなければ、こんなことにはならなかった」

レオンハルトは倒れた男達をちらりと見る。彼の護衛が屈み込んで、彼らの具合を見ていたが、顔を上げてレオンハルトに頷いてみせた。

「全員、死んでいる」

えっ……。

ユリアーナはよろめいた。

もしかしたら、最初からレオンハルトはそういう計画だったのだろうか。だから、合図と同時に床に伏せろと言っていたのだ。相手から撃たれることより、自分達の攻撃の邪魔になるからだ。

「最初から捕らえることなんて考えてなかったのね……！」

ユリアーナにはそれは衝撃的だった。

確かに、捕らえられたとしても処刑される可能性は高かった。オットーに関しては、それにふさわしい罪状があったが、まさか問答無用で殺してしまうとは思わなかったのだ。ましてて、その他の男達はオットーに丸め込まれて仲間にされてしまっただけかもしれないのに。

レオンハルトはやっぱり評判どおりの冷酷な男なのだろうか。

裏切り者や捕虜を虐待する者には容赦はしないと聞いていた。普段の彼を見ていると、ユリアーナはもうそんなふうには思えなくなっていたが、皇帝として処断するときは、こうした非情さが確かにあるのだと判る。

「ユリアーナ、これは国王を救うためには仕方のないことだ」

それはそうだけど……。

彼らの反乱のせいで、命を失った人や怪我を負った人もいる。危うくメルティルが乗っ取られて、国民がまた苦しむことになっていたかもしれない。

ファビアンだってお父様だって……それから家族のみんなもどうなっていたか判らない。

彼らが命を失うのは当然のことかもしれない。しかし、さっきまで生きていた彼らが、目の前で殺されたことにショックを受けるのも、ユリアーナには当たり前のことだった。

父がユリアーナに話しかけてくる。

「上に立つ人間にはある程度の非情さが求められる。私はそれがないばかりに、バルデン一族のような者達をのさばらせてしまった。その結果、たくさんの人々を苦しめる結果になった。皇帝陛下はとても立派だ。冷酷だと言われても、それを引き受ける覚悟があるからだ。私にはそれがなかった」

「お父様の言うことは判るわ……。もちろんレオンの言うことも。でも……」

彼の非情さはなんのためなの？

国を守るために必要なこと？

レオンハルトが皇帝として最善の道をいつも選ぼうとしている。それを理解していても、ユリアーナにはもう彼が遠い存在に思えてくる。

あの離宮で、一緒にヘッダの出産を見守った。ベルをいつも可愛がり、ユリアーナに笑いかけてくる。

あのときの彼はどこにいったの？

わたし達は一体どうなるの？

彼の心の隅にでも、ユリアーナに対する愛情はあるのだろうか。国のために生きていくだけで、彼は満足なのか。

皇帝と皇妃。

たったそれだけの関係なの？

ユリアーナの心は揺れ動いていた。


城門が開かれ、改めてギリアスの軍勢が入ってきた。

そして、城中にいる者がバルデンの協力者かどうかを徹底的に調べ上げた。協力した者や脅かされてそうした者、それぞれ罰が下された。大きな罰から小さな罰までさまざまだったが、レオンハルトの部下が事細かに決めたのだ。

裏切り者には容赦しない。ギリアスの皇帝は冷酷な男だ。

そんな噂がまた広がることだろう。

牢に入れられていた宰相やギリアスの兵士達は解放された。レオンハルトは彼らに事情を聞いた。

そして、改めて、父も交えて、これからメルティルをどのような方向に持っていくのかが話し合われたらしい。父が国王の座を追われることはなかったものの、レオンハルトが宰相を通して、もっと直接的にメルティルを支配していくことになるのかもしれない。

でも、それも仕方のないことなのかもしれないわ……。

父はすべて理解していると言っている。なんだか以前よりレオンハルトと意見が合うようになっているようだ。

父を助けたあの日から一週間も経つと、仕事の早いレオンハルトとギリアス兵士達はやるべきことをだいたい終えていた。

その間、ユリアーナは男装からドレス姿に戻った。といっても、ドレスは結婚前に妹達に譲ったものを着ている。何しろ、ドレスどころか着替え一枚も持たずにメルティルにやってきたのだから。

この一週間、レオンハルトは貴賓室に寝泊まりしていた。が、ユリアーナは元の自分の部屋で寝ていた。日中、レオンハルトは忙しく、ユリアーナは弟妹達とずっと一緒にいた。

つまり、二人だけで話したことはないのだった。

そのせいで、二人の仲はぎくしゃくしている。というより、話していないから、ぎくしゃくしているのかも判らない。

わたしはレオンハルトとの関係を壊したくないから、あんなに無茶をしたのに、どうしてこうなってしまうのかしら。

しかし、レオンハルトが以前のレオンハルトのように思えないし、かといって、自分も以前のように素直に彼に接することができなかった。ギリアスの宮殿に戻れば、なんとかなるかもしれないが、それでも一緒に朝まで眠ることはないような気がしてくる。

わたしがやったことはなんの意味があったのかしら……。

ユリアーナは落ち込んでいた。

メルティルや家族は救えた。けれども、レオンハルトの心は失った。いや、最初から自分は彼の心なんて摑んでいなかったのだ。ないものを失くしたとは言わない。

明日はいよいよギリアスに帰るらしい。

わたしだけここに残る……なんてことはできないに決まっている。だいたい、レオンハルトと離れることなんて絶対にできない。今は寝室を共にしていなくても、やはり彼を愛しているからだ。

愛はなくならないのよ。

減ったりしないんだから。

もう……レオンの馬鹿。

ユリアーナは元気に乗馬する幼い弟達の姿を眺めながら庭を歩いていたが、聞き慣れた声を耳にして、ふと足を止めた。

すぐ近くの彫像の前で、レオンハルトとファビアンが何か話している。ファビアンは身振り手振りでメルティルという国について熱く語っていて、レオンハルトがそれを優しく頷きながら聞いているようだった。

ユリアーナはレオンハルトがファビアンの話をちゃんと聞いてくれているのを見て、嬉しく思う反面、どうして自分とはあんなふうに話してくれないのかと不満に思う。

目を逸らし、別の方向へ進もうとして、今度は見たことがない男がウロウロしているのに気がついた。

あれは……誰かしら。

下働きをしているのか、手に清掃用具を入れたバケツを提げている。ユリアーナはしばらくここを離れていたし、顔を知らない男が雇われていてもおかしくはない。しかし、なんとなくその男の様子はおかしかった。

身のこなしが、なんとなく洗練されている。上流家庭では、厳しい家庭教師が姿勢や歩き方をうるさく注意する。子供のときは大変だが、そのおかげで大人になってから上品な身のこなしができるのだ。

ユリアーナは注意深く見ていた。すると、彼はぶらぶらとバケツを持って歩きながら、ちらちらとどこかを気にして見ている。

ユリアーナはその視線の先に気づいて、はっとする。

レオンハルトとファビアンだ。

男はその二人を睨みつけるようにして、それからバケツに手を突っ込み、短銃を取り出した。

彼はレオンハルトを撃つつもりなんだわ！

もちろんファビアンに当たる危険性がある。

ユリアーナは咄嗟《とっさ》に叫んだ。

「伏せて！　レオン！」

銃声は鳴ったが、そのときにはレオンハルトとファビアンは素早く伏せて、彫像の陰に隠れていた。何発か撃つものの、弾は当たらない。だが、銃声がしたせいで、衛兵がすぐに駆けつけてくるだろう。

男はバケツを放り投げ、銃を持って逃げ出した。けれども、逃げる方向にはユリアーナがいた。彼はユリアーナに気づくと、銃を向けてきた。

思い出した。彼はオットーの弟だ。

兄を殺されたと聞いて、捨て身で敵討ちに来たに違いない。そうでなければ、ギリアス兵で守られているこの城にわざわざ乗り込んでくることはないだろう。

だから、当然、皇帝の妃であるユリアーナも敵討ちの対象だ。

わたし……ここで殺されてしまうの？

冷たく光る銃口を見つめて、脚がすくんだように動かなくなる。この距離では、きっと逃げても当たるだろう。

「ユリアーナ！」

いつの間にか、危険を顧《かえり》みずにレオンハルトが傍まで来ていた。そして、自分の身を投げ出すようにして、ユリアーナを突き飛ばす。

同時に鋭い銃声が聞こえる。

ユリアーナは腕に焼けつくような痛みを感じた。もちろん撃たれたに違いない。

でも、レオンは……？　レオンはどうなったの？

彼は身を挺して、わたしを助けようとしてくれたのに。

痛みで頭がくらくらするが、なんとか目を開けると、彼が男と格闘しているのが見えた。銃を持つ腕を攻撃している。

銃を取り落とした男はようやく取り押さえられ、衛兵達もやってきた。

これでレオンは無事よ……。

ユリアーナにとっては、それだけが大事なことだった。

他の何より大事。

だって、愛しているんだもの。

「ユリアーナ……！」

レオンハルトの取り乱した声が聞こえる。彼を心配させたくない一心で、ユリアーナは痛みを堪え、起き上がろうとしたができなかった。

痛みがどんどんひどくなってきて、身体に力が入らない。

腕を怪我しただけなのに。

「ユリアーナ！　しっかりしろ！」

レオンハルトに身体を抱き起こされる。薄っすら目を開けてみて、ユリアーナは驚いた。

彼が涙を流している。

皇帝として、周りに弱みを見せないようにしてきたのに。

もう周囲の目なんかどうでもいいと言わんばかりに、一心にユリアーナの目を見つめている。

そのとき、初めて彼の愛を確信した。

彼はわたしを愛してくれているんだわ……。

でも、もう……。

身体がだるくて、目を開けていられない。

「ユリアーナ……」

今、愛してるって囁かれた気がする。

でも、なんだかちゃんと聞こえないの。もっと大きな声で言って。

そう思いながらも、ユリアーナは意識が薄れていくのを感じていた。

第七章　愛することの幸せ

目を開けると、そこは自分のベッドだった。

傍には憔悴しているレオンハルトの顔があった。他には誰もいない。ベッドの傍で座っている彼は、ユリアーナが目を開けたことに気づき、身を乗り出してきた。

「具合はどうだ?」

彼はユリアーナの額に手を当てる。

「熱はないようだな」

その手でさっと髪を撫で上げて、額に唇を押し当てた。優しい仕草で、ドキッとする。

「わたし……確か撃たれて……」

「私はおまえを助けるつもりだったのに……。間に合わなかった。すまない」

「でも、あなたが突き飛ばしてくれたから、死なずに済んだんだわ」

ユリアーナは痛みのある腕に触れたが、そこには包帯が巻かれていた。

「よく効く薬草を潰したやつが塗ってある」

ユリアーナが顔をしかめた。

「もしかして、苦い薬湯を飲まなくちゃいけないんじゃない？」

薬草の知識がある乳母がいて、怪我をすると、彼女にいつもそれを飲まされていたのだ。

「後で持ってくるそうだ。弾はかすっただけで怪我は大したことがないと聞いたが、まだ痛みはあるだろう？」

「ええ。わたし、痛くて気を失っちゃったんでしょう？」

「まったく生きた心地がしなかった」

レオンハルトはそう言いながらも、今は落ち着いた様子でいる。あのとき、確か涙を流していたと思うのだが、見間違いだったのだろうか。

彼が皇帝の仮面を脱ぎ捨てて、ようやく本音を晒してくれたのだと嬉しかったけれど。

「あの男はどうなったの？」

「牢に入れておいたら、隠し持っていた小さなナイフで自分の喉を突いていた。言っておくが、私が何か命じたわけではないぞ」

ユリアーナは頷いた。

「彼は決死の覚悟だったのよ。失敗しても成功しても死を選ぶ。その覚悟がなければ、城には忍び込んでないと思うの」

敵討ちなんてあまり褒められたことではないが、それほどの気概を持っていた彼は、死なすには惜しかった。バルデン一族の他の男達は、恐らく隠し財産でどこかで暮らしながら、オットーの死を嘲笑っているだろうに。

「私はまたおまえに冷酷な男だと思われることを覚悟していたんだが……」

「あなたがしたこと、今は仕方のないことだと思っているわ。あなたは皇帝として正しい選択をした。ただ……」

「ただ？」

ユリアーナは少し躊躇い、彼の顔を見つめた。

「ねえ、身体を起こしてくれる？」

二人はずっと向き合って話してこなかった。だから、また距離が離れていて、誤解が多くなっていたのかもしれない。

わたし達、お互い自分の立場からしか見ていなくて、そんなことも判らなくなっていたのね。

「大丈夫か？」

彼はそう言いつつ、ユリアーナの身体を抱き起こして、背中に枕を当ててくれた。そして、上掛けを引き上げてくれて、寒くないようにしてくれる。

彼に優しさを感じて、ユリアーナはうっとりしてくる。

彼が愛していると言ってくれたこと……。

たぶん聞き間違いじゃないと思うのよ。

彼が涙を流したことも、見間違いではないのだろう。

だから……彼を信じて話をしよう。もう彼とは離れていられない。一生一緒に歩むのだからこそ、きちんと話がしたいと思った。

「あなたが大事なのは、皇帝としてあるべき姿だけなのかと感じていたの。あなたが幼い頃から苦労してきたこと、ダールマンに聞いたわ。平和のために戦ってきたことや、そのために非情に振る舞う必要があったということも……。だから、皇帝のあなたはそれでいいと思うのよ」

彼はダールマンから聞いたことを話しても、気分を害した様子はなかった。ユリアーナはほっとして、話を続ける。

「でも、わたしは……皇帝としてのあなたではなく、本当のレオンハルトを見たいの。本当のレオンと一緒に仲良く暮らし、子供を産んで育てていきたい」

レオンハルトはユリアーナの怪我をしていないほうの手を握ってきた。彼の体温が手を通して伝わってくる。

彼はユリアーナの目をひしと見つめた。

「本当の私は皇帝レオンハルトよりずっと弱いんだ。可愛い生き物が好きで、抱き上げて可愛がりたいと思っている。本当は……誰も死んでほしくない。誰も傷ついてほしくない。誰とも諍《いさか》いをせず、静かにのんびりと穏やかな暮らしを楽しみたいと思っている。そんな臆病《おくびょう》な私でもいいのか？」

これは……彼の本心だ。

本当の言葉を語ってくれている。

ユリアーナは彼の真摯な告白に胸を打たれた。自然に涙が溢れ出てくる。

「いいの。それでいいの。わたし……あなたを愛してる」

「……本当なのか？」

「もちろんよ」

彼の手がギュッと強く握られる。だが、そんなときでも加減はされていて、痛みは感じない。

「私は……おまえがメルティルに残した家族だけが大事なのだと思っていた。ギリアスや私のことより……」

「まあ……どうしてそんなことを？」

「おまえは野山を越え、メルティルへ馬を駆った。命を懸けて、城へも忍び込んだ。それは……」

「それは、あなたとわたしのためよ」

彼は驚いたように目を見開いた。

「二人のため？　しかし……」

「あなたが父を殺したら、わたしはあなたを許せなくなる。そして、あなたはわたしに心を開いてくれなくなる。それは絶対に嫌だったの。そんな夫婦に子供が生まれて……幸せに暮らせると思う？」

そう。わたしは彼と幸せになりたかった。

いつまでも、どこまでも。永遠の幸福が欲しかった。

愛に溢れた園で。

「私は愚かだった……。おまえの言うことを信じていなかった。皇帝が妃の言うことに振り回されていると思われるのが嫌だった。弱さを誰にも見せたくなかったんだ」

そういうことだったのかと、ユリアーナは納得した。

「だが、ギリアスを出立したあの日のことを、どれだけ後悔したか判らない。私だって……おまえを心から愛しているのに」

彼の告白がやっと聞けた。

もうすでに彼の本心には気づいていたが、それでも言葉で聞けたのは嬉しかった。

「愛してくれているの?」

「ああ。いつの間にか愛していた。おまえと本当の家族を作れたらいいと思うようになっていた」

それは最大の褒め言葉だ。

彼の失くした家族は帰ってこない。しかし、今は自分がいる。そして、いつか子供達がたくさんできて……。

「わたし達、いつも一緒よ。離れていても、心はひとつなの」

「ユリアーナ……」

彼はユリアーナの頬に流れる涙を指で拭いて、そっと口づけをした。

それは今までで一番嬉しいキスだった。


薬草の効果は素晴らしく、ユリアーナの怪我は悪化することなく治った。

ユリアーナは乳母に苦い薬湯を飲まされて、ぶつぶつ文句を言ったが、あれもきっと役に立ったのだろう。レオンハルトが薬草や薬湯についていろいろ質問したので、乳母は得意満面で答えていた。

もしかしたら、彼はギリアスに戻ってからも薬湯を飲ませるつもりかもしれないわ。

ともあれ、跡はまだ残っているが痛みはない。

ギリアス軍のほとんどは帰国していたが、近衛隊とレオンハルトだけはまだ残っていた。そして、ユリアーナとダールマンも。

しかし、そろそろ帰らなくてはならない。皇帝がずいぶん留守にしていたので、きっと執務室は書類が山積みになっているに違いない。

ここにいる間、レオンハルトと父、それからファビアンはかなり友好を深めていた。以前は素早く去っていって、ユリアーナでさえほとんど会話する暇もなかった。けれども、今回はユリアーナの怪我が治るまで、ギリアスに帰ろうとはしなかったのだ。

強い皇帝を見せることも、今はあまりこだわっていないようだ。一旦、自分の弱さを受け入れてからは、ごく自然に振る舞うようになっていた。

とはいえ、基本的には、やはり裏切り者や捕虜の虐待をする者には容赦はしないのだろう。それはユリアーナも非難する気はない。締めるところを締めなくては、規律は守られないのだ。

ユリアーナも久しぶりに故国の城でゆっくりできてよかった。というより、バルデン一族の影がなくてゆっくりできたのは初めてだったかもしれない。

そして……。

とうとう帰国の日がやってきた。

両親、弟妹達と別れるのは悲しいが、レオンハルトがずいぶん優しくなってきたから、いつかまた会う機会もできるかもしれない。

たとえば、子供が生まれたお祝いに来てもらう……とか。

来たときは男装で馬だったが、帰りはドレス姿で馬車だ。ユリアーナは馬車から手を振りながら、メルティル城に別れを告げた。

だが、嫁いだときとは違い、今回は淋しくなかった。ギリアスには愛する夫が共にいる。

ユリアーナにとって、それが一番幸せなことだった。


午後遅くに宮殿に戻ると、レオンハルトと近衛隊は歓迎を受けていた。

そう言えば、皇妃までもがメルティルに行ったことを、宮殿で働く人々はどう思っていたのだろう。何か嫌味を言われるかと思ったが、そうでもなかった。

ハンナが脚色した話を女官に聞かせていたからかもしれない。ユリアーナが男装姿で颯《さっ》爽《そう》と馬に乗って、護衛と共に宮殿を出ていったと。男装姿で馬に乗り、護衛と共に宮殿を出たところは間違いないが、なんだかものすごい話が追加されていたのだ。

実はユリアーナは銃や剣術や武術の達人で、皇帝を助けるために追いかけていったのだそうだ。しかも、必ず『颯爽と』という言葉がつくので、ユリアーナの実像よりもっと格好いいものになっている。

銃も撃てるし、剣術も武術もできるが、別に達人というわけではない。

しかし、それで女官がロマンティックな夢を描いて、素晴らしいと思ってくれたのだから、文句は言うまい。

ユリアーナはハンナに、腕を怪我した経緯を話したから、明日にはもっとロマンティックな話が追加されていることだろう。

一方、レオンハルトは疲れを癒す暇もなく、側近との会議に出ていた。

そして、夜になった。

ユリアーナはゆっくりと湯浴みした後、髪も綺麗に梳いてもらい、新しい夜着を身に着けていた。

前に仕立ててもらったものだが、メルティルに反乱が起こったことで、着るのはこれが初めてだ。結局、すぐ脱がされてしまうのだが、少しでも彼に綺麗に見てもらいたくて作ったものだ。

でも、今夜、彼はわたしのところに来てくれるのかしら。

怪我のことがあり、メルティルではまったくユリアーナの部屋には忍んできてくれなかった。ユリアーナは待っていたのだが、あまりに来ないので、自分から押しかけていこうかと思ったくらいだ。

さすがに、自分の生まれ育った城でそんなはしたない真似をするのはよくないので、実行するのはやめにしたのだが。

だいたい、愛し合っていると判ったのに、それからまだ一度も抱いてもらってないなんて。

気持ちは満ち足りているからこそ、身体のほうも同じように満たしてほしい。そう願うのは自然なことだった。

しばらく待っているうちに、ユリアーナはだんだん眠くなってきた。

起きていたいのに……。

上掛けの中についつい潜り込んでしまう。

うとうとしていたが、ふと目が覚める。ユリアーナはレオンハルトの腕に抱き上げられて、どこかに連れていかれるところだった。

「えっ……どうしたの？」

「たまには私の部屋に来るといい」

レオンハルトは初めて自分の寝室にユリアーナを連れていってくれた。夫婦なのだから、別に勝手に入ったところで叱られることはないはずだが、なんとなく行きにくくて、入ったのはこれが初めてだった。

皇妃の部屋も豪華で広いのだが、皇帝の部屋はそれに輪をかけたような感じだった。壁には見事なタペストリーがかけられていて、調度品も凝った細工のものばかりだ。ベッドも大きく、ここで一人で寝ていたら落ち着かないのではないかと思った。

ユリアーナはベッドに下ろされると、シーツを掌で撫でた。

「初めてだわ。あなたのベッド」

「これからはおまえのベッドにしてもいい」

「それって……一緒に寝ようということ？」

彼はにっこり笑った。

「どう思う？」

「もちろん賛成よ！」

ユリアーナは彼の肩に両手をかけた。彼は上から覆いかぶさってきて、唇を重ねる。

優しいけれど情熱的なキスだ。

だって、わたし達、ずっと同じベッドで寝てなかったんだもの。

彼は軍隊を率いて、ユリアーナはダールマンと冒険の旅に出た。淋しいときも大変なときもあったけれど、二人はこうしてやっと戻ってきたのだ。

それどころか、もっと強固な結びつきを得た。

ユリアーナは彼のキスに応えて、舌を懸命に絡めた。キスは次第に深くなっていき、それにつれて身体のほうも熱くなってくる。

いつもそうだが、今日は特別な気がしてくる。

久しぶりだということもある。だが、それ以上に、二人が愛し合っているということが、身体の感覚も高めているのだ。

彼を丸ごと愛している。彼のどんなところも愛しくてたまらない。

強い皇帝であろうとするところも、内心はとても繊細で優しいところも。彼は自分のことを弱いと言うけれど、弱さと優しさは違う。彼は弱いのではなく、優しいのだ。

一番素晴らしいのは、それが一方通行でないことだ。彼もまたユリアーナを愛してくれている。

唇を離して、見つめ合い、またキスをする。身体を重ねてキスをするだけでも、幸せを感じてしまう。

もっとも、互いの身体をまさぐっているうちに、次第にそれだけでは足りなくなってくる。

彼はユリアーナの新調した夜着の上から乳房を優しく握った。

「……新しいものだな」

「手触りがいいでしょ……？」

布地が滑らかで着心地がいいと言うべきなのだが、それ以前に彼に手触りを楽しんでもらいたいという意図があった。

「ああ。とてもいい。その下にあるものはもっといいが」

彼は耳元で囁くと、布地の上から掌や指を動かし、ユリアーナを刺激していく。

「あ……んっ……」

触れられることに慣れた身体は、少しの刺激でも敏感に反応してしまう。乳首は硬く尖り、更なる愛撫を欲しているようだった。

「この夜着は……レースがたくさんついているな」

「あ、あなたに……綺麗だって言ってもらいたくて……」

「もちろん綺麗だ。夜着もだが、おまえのほうがもっと綺麗だな」

本気でそう言っているのだろうか。小柄なことと愛嬌も加わって、可愛いとは言われるが、綺麗だとは自分では感じない。

「金髪で緑の瞳をしているから？」

「おまえは自分を過小評価している。どこもかしこも綺麗だ」

彼はユリアーナの手を取った。

「この腕も手首も……この指も……爪も綺麗に見える」

「そんなのおかしいわ。わたしの指、短いのよ」

「指が長くなくてはいけないと誰が決めたんだ？　私は短い指のほうが好きだ」

そう言いながら、彼はその指先にキスをする。

「そうなの……？」

彼は自分の好みを口にしているのだ。綺麗だという言葉の裏には、好きだという言葉が隠されているに違いない。

それに気づくと、急に頬が熱くなってくる。

「わたしの中で一番綺麗だと思うところは……どこ？」

思い切って尋ねてみると、彼は困った顔になった。

「どこも綺麗だ」

「特にどこが?」

「そうだな。……この唇かな」

彼はユリアーナの唇に指で触れた。

「美しい花弁のようなのに、私をいつも惑わせる。昼間も私を誘惑するように動くんだ。食べているときも、まるでこのまま奪ってと言っているみたいに」

ユリアーナは顔を赤らめた。

彼は昼間話していたときも、一緒に食事をしていたときも、ユリアーナの唇を見て、そんなことを妄想していたのだ。

「だが、本当にどこも綺麗だと思っている。この……手触りのいい夜着もいいが……脱がせてもいいか?」

結局、彼はユリアーナを脱がせたくてたまらないようだ。

小さく頷くと、彼は笑みを浮かべて、あっという間に脱がせてしまった。一糸まとわぬ姿が彼の前に曝け出される。

「ほら……こんなにおまえは美しい」

彼は満足そうに裸体を眺める。そして、掌で胸からお腹、そして腰、太腿へとさっと撫でた。

「私に絵が描けたらいいのに。そうしたら、執務室の机にこっそり忍ばせておいて、いつでも見られるのに」

「嫌だわ、そんなの。恥ずかしい」

「おまえからもらった手紙はすべて机の中に入れてある」

「えっ……」

本当に？

彼は嘘をついているようには見えない。というより、こういったことで嘘をつけない人だ。

ユリアーナは宝石をもらうたびにお礼の手紙を書いていた頃のことを思い出していた。宝石より欲しいものは、彼の愛だった。だから、少し不満に思いながら手紙を書いていたのだが、実際にはあの慇懃無礼な手紙を取っておくほど、愛されていたのだ。

「ごめんなさい」

「どうして謝る？」

「あのときは、本当は宝石なんかいらないのにって思いながら書いていたの。それより、わたしに関心を持ってくれたら何もいらないのにって……」

心のこもっていない手紙だったことを告白したが、彼は怒るどころか、にっこりと笑った。

「おまえは宝石より私がいいということだな?」

「ええ……。どんな美しい宝石をもらうより、あなたの傍にいたかったの」

彼はユリアーナを抱き寄せると、頬擦りをして、それからキスをした。情熱的なキスで、自分の言葉が彼を喜ばせたことが判る。

唇が離れると、彼はじっと瞳を見つめてくる。

「おまえを妃にして、本当によかった」

「わたしも……あなたと結婚してよかった」

こんなに幸せになれるなんて、あのとき誰が予想しただろう。単なる政略結婚に過ぎないと、誰もが思ったはずだ。

ユリアーナは手を伸ばし、彼の頬に触れ、それから首筋へと掌を撫で下ろす。

「ねえ……あなたも脱いで」

「ああ。おまえが望むなら」

彼は身を起こし、素早く服を脱ぎ捨てた。股間のものがすでに硬くなっていて、ユリアーナはそれを見てドキンとする。

「また……触ってもいい？」

「いいが、今日はやり方を変えよう」

ユリアーナは彼の指示に従い、横たわった彼の上に逆向きにまたがった。彼にお尻を向けることになるので、なんだか落ち着かない。

「これで二人とも相手を気持ちよくさせることができる」

「え……そうなの？」

ユリアーナの目は彼の股間に向けられている。最初は恥ずかしくてとても見られなかったが、今は少しドキドキするが、大丈夫だ。それどころか、なんだか愛しいとすら思ってしまう。

硬く勃《た》ち上がっているものにごく自然に手を伸ばし、気がついたらキスをしていた。だって、愛しくてたまらないんだもの。

もちろんレオンハルトのもの限定だ。彼の一部だからこそ、こんなに気持ちが高ぶるのだし、見ただけでじんと秘部が痺れてくるのだ。

頬擦りをし、根元から茎、先端へと唇を這わせていく。

そして、先端から唇に含んで、舌をそれに絡めた。夢中で愛撫をしていると、不意に太腿の内側を撫で上げられて、ビクンと身体を震わせた。

「んんっ……」

口が塞がっているから、くぐもった声しか出せない。

それでも愛撫を続けていると、秘部を指で弄られていく。彼の上に跨《またが》っていて、しかも上半身を屈めているから、彼の側からは秘部が丸見えになっているに違いない。

恥ずかしい……。

けれども、すぐに恥ずかしさよりも快感のほうに気を取られていく。彼は秘裂を指でそっとなぞり、中に差し込んだ。蜜が溢れてきて、自然に彼の指を締めつけてしまう。

彼はゆっくりと指を出し入れしながら、敏感な芯も別の指で擦っていく。

腰がビクンと強く震えた。

強烈な快感が身体を走り抜ける。ユリアーナは彼への愛撫が中断していることに気づき、根元を両手で包み込んで、また舌を絡めた。

しかし、自分の快感のほうにどうしても気を取られて、疎《おそろ》かになってしまうのだ。

ああ……ダメ……。

「んっ……あぁっ……ん」

唇から彼のものが零《こぼ》れた。再び愛撫を続けようとしたが、太腿にキスをされて、甘い疼

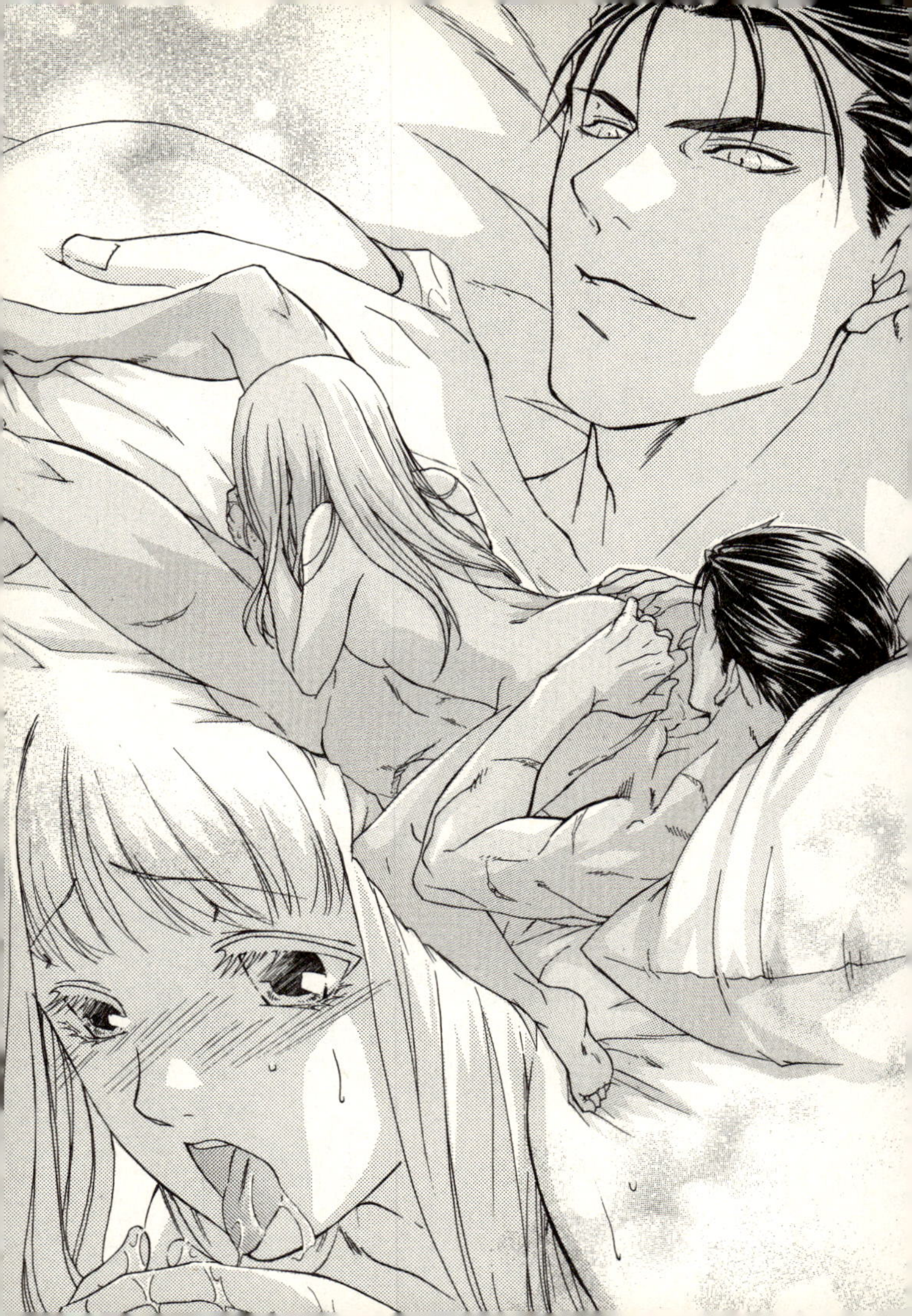

きを感じて、身悶えた。

快感が高まっていくうちに、いつの間にか指を引き抜かれ、秘部に舌を這わせられていた。というより、舌が中まで入っているようだ。その部分が熱く蕩けて、愛撫されるたびに震えている。

「あ……わ、わたし……もう……ダメッ」

全身が熱くて、燃えているみたいになっている。身体の芯から何かがせり上がってくるのを感じて、切なげに声を洩らす。

「こちらを向くんだ。そう……そこに腰を下ろして」

ユリアーナは操り人形のように、彼の言うとおりに逆向きに跨った。

「こ、腰を下ろすって……」

「自分で入れるということだ」

「無理よ……っ」

「大丈夫だ」

そういうやり方があるようだ。ユリアーナは彼の指示どおりにすると、彼の猛っているものが自分の中に徐々に埋め込まれていくのを感じた。

根元まで収めてしまうと、ユリアーナは彼の上にぺたんと腰を下ろした形になる。半ば呆然としながら、彼を見つめた。

確かに、彼のものを中に感じている。

これもまた一体になる方法のひとつなのだ。

「動いてみるんだ」

ユリアーナは腰を上げて、そしてまた下ろす。こんなことは初めてで、上手くできない。

けれども、これで彼が喜んでいるかもしれないと思い、なんとか腰を動かした。

自分が動くと、内壁が擦れていく感じがして、自分も気持ちよくなってくる。

なんだか不思議……。

最初は彼に見られながら動くことが恥ずかしかったが、だんだん慣れてくると、羞恥《しゅうち》心《しん》が薄れていく。

ううん。恥ずかしいけど……どうしても感じてしまうだけ。

そして、その快感のほうが大きくなっていくのだ。

やがて、彼は身体を起こした。二人は抱き合うようにして、じっとお互いの重なり合う部分を感じた。

「感じるか？」

「ええ……」

「私達はひとつになっている」

「そうなの……」

身も心もしっかりとひとつに結ばれている。その感覚と幸せが繋がっているような気がしてならなかった。

やがて彼はそのまま動き始めた。ユリアーナはその動きに合わせて、自らも動いた。

全身が快感に侵されている。

また身体の芯から熱いものが噴き上げていく感覚があった。

「あっ……ああっ……ぁぁ……っ」

何度か我慢したが、とうとう我慢しきれなくなってくる。

ユリアーナは背中を反らしながら、絶頂へと昇りつめた。彼も同時にぐっとユリアーナに腰を押しつけて、力を入れる。

身体の奥で彼が弾けたのが判った。

二人はきつく抱き合い、互いの鼓動を感じ合った。

鼓動も熱も、そして呼吸さえもひとつに溶け合っていくような気がして……。

これほどまでに愛せる相手が他にいるだろうか。

いいえ。他には誰もいない。

あなただけ……。

ユリアーナはゆっくりと口づけを交わした。


二人は互いの身体を綺麗に濡れた布で拭いたのに、気がつけばまた絡み合って、キスをしていた。

一度では足りないほど、二人の気持ちは盛り上がっているということだ。

だって、久しぶりだもの……。

けれども、一番は、愛し合っていると判ってから、初めて抱き合ったからなのかもしれない。

「傷はもう……痛まないのか？」

レオンハルトはユリアーナの怪我を気遣ってくれた。

「大丈夫よ」

「よかった。もう危険な真似は絶対にしてほしくないんだ。おまえを失ったら、私は……」

ユリアーナは大丈夫というふうに、彼の背中をそっと撫でた。

「あなたも危険なことはあまりしないでね」

「私は死んだりしない」

彼は真顔で答えた。

「おまえを置いていくものか。せっかく家族になれたのに」

彼はそのつもりでも、まさかということがある。ユリアーナこそ、オットーの弟が彼を銃で狙っているのを見たときには、生きた心地がしなかったのだ。

「家族といえば……ダールマンは暇を持て余しているみたいだったけど」

「ああ。余計なことをしないように、少年兵の世話を任せることにした」

それは彼に似合いの仕事かもしれない。ユリアーナは少し笑った。

「ダールマンがあなたを育ててくれて、本当によかった」

そうでなければ、レオンハルトは皇帝にもならず、ユリアーナと出会いもしなかっただろう。

「ダールマンには感謝している。彼がいなければ、今の私はない。そして、おまえを妃にもできなかった」

彼も同じことを考えていたのだ。ユリアーナは微笑み、彼の頬にキスをした。

「わたし、政略結婚でこんなに幸せになれるとは思わなかったわ。あなたのこと、最初は怖い人だと思っていたのよ」

「そうか？　私はおまえのことを一目で気に入ったのに」

「えっ、本当に？」

そんなふうに見えなかったのだが、あの頃の彼はあまりに表情が乏《とぼ》しかったから、そう思ったのかもしれない。

「そうだ。おまえはとても可愛らしかった。連れて帰って、自分のものにしたい。そうするには妃にするしかないと思った」

「え……でも人質だって」

「確かにそう言った。人質だと口にすることで、おまえに一目惚れしたことを隠そうとしていたんだと思う」

一目惚れ……。

まさか、最初から彼がそんな気持ちだったとは、まったく気づかなかった。

「だが、今考えれば、周囲には私の気持ちはばれていたんだろうな。だから、オットーにもその噂が伝わって、あの杜撰な計画でも成功すると思われたんだろう。どうせ皇帝はおまえに目が眩んで、腑抜《ふぬ》けになっていると」

なるほど。そういうことだったのか。

ユリアーナには理解できなくても、気づいた人は意外にたくさんいたのかもしれない。

だとしたら、あのとき容赦ない選択をしたのは正解だったのだ。ああすることで、皇帝は決して腑抜けになっているのではないと示したのだから。

わたしは彼に愛や優しさを求めるあまり、皇帝という地位にいることをつい忘れがちになってしまう。

でも、たぶん皇帝である彼も愛しているから……。

ユリアーナは彼に身体をすり寄せた。

「あのね……わたし……」

「なんだ？」

レオンハルトはユリアーナを腕の中に抱き込んだ。大切な宝物みたいに扱われて、思わず微笑む。

「あなたのこと、全部愛してる」

「全部か？」

「皇帝であるあなたも、そうでないあなたも。服を着ているときも、そうでないときも。機嫌がいいときも悪いときも」

レオンハルトの顔に笑みが広がった。

彼はユリアーナの耳元にそっと囁く。

「私もおまえを全部愛している」

「どんなときでも?」

「私の愛しい妃であるおまえも、メルティルの元王女であるおまえも。楚々《そそ》としてドレスを着ているときも、勇ましく男装をしているときも。私の腕の中で身を震わせているときも……身を犠牲にしても私を庇ってくれるときも」

レオンハルトの瞳が熱っぽく輝いている。

「私はおまえを一生愛すると誓う」

「わたしも……一生ずっと……あなただけを愛してると誓うわ」

二人は見つめ合って、変わらぬ愛を誓った。

結婚式のように唇を重ねると、深い愛情が伝わってくる。

ユリアーナは永遠に続く幸せを感じていた。

エピローグ

それは、あのメルティルの反乱騒動から一ヵ月ほど過ぎた頃のことだった。

いつものように朝を迎え、先に起きたレオンハルトが服を着ようとしている気配に、ユリアーナは目が覚めた。

「レオン……もう起きたの？」

「今朝は乗馬をしたい気分なんだ。おまえはまだ寝ていていいぞ」

「乗馬ならわたしも……」

起き上がった途端、何故だか今まで感じたことのない吐き気がした。

どうしたのかしら……。

なんか変。

我慢したら吐き気は消えるかと思ったが、どうもよくない。とりあえず夜着を頭からかぶったものの、我慢しきれず、口を押えてそのまま洗面室に駆け込んだ。

「どうしたんだ？　ユリアーナ？」

レオンハルトは心配して洗面室までやってきた。ユリアーナは水差しからグラスに水を注いで、口をゆすぐ。

「大丈夫……」

「いや、大丈夫なんかじゃないだろう。さあ、こっちへ来るんだ。医者を呼ぼう」

彼はユリアーナを抱きかかえて、ベッドに連れ戻した。

「熱でもあるのか？　いや、ないようだな。どんな具合だ？」

「吐いたらよくなったわ。昨夜、食べたものの中に何か悪いものがあったかしら。あなたはどう？」

「私はなんともない。というか……。ユリアーナ、ひょっとして……？」

ベッドの傍に立つ彼は、ユリアーナのお腹にそっと触れ、愛おしそうに撫でた。

「何？」

「赤ん坊ができたかもしれない」

「えっ……」

ユリアーナは思わず身体を起こした。そして、自分のお腹に触れてみる。

そう言われてみれば、このところ月のものが来ていない。メルティルの騒動で野宿をしたり、城に忍び込んだり、怪我をしたり、そういったことで影響を受けたのかと思って、あまり気にしていなかったが、身ごもった可能性もあるのだ。

「以前より身体つきはふっくらしてきたような気がするな。胸も大きくふくらんでいるような……?」

レオンハルトに指摘されて、ユリアーナは夜着の上から自分の乳房に触れてみた。このところ、胸がやたらと敏感なのは、そのせいなのだろうか。

「とにかく医者を呼ぼう」

自分ではよく判らないから、そうするしかない。ユリアーナは頷いた。

結果はやはり身ごもっているという診断で、その知らせは瞬く間に宮殿内に広がった。

それは別にいいのだが、周りの人間が何かと気を使いすぎることになって、ユリアーナは困っていた。

もちろん乗馬は禁止だ。さすがに自分でも馬に乗ろうとは思わないからいいのだが、厩舎の傍に行ってもいけないとレオンハルトに言われた。

『おまえがついふらふらと乗りたくなるかもしれないからな』

子供じゃあるまいし、そんなことをするわけがないのに。

『それに、馬に蹴《け》られるかもしれない。蹴られなくても、蹴られそうになるかもしれない』

馬に蹴られることも、蹴られそうになることも、絶対にないとは言えないが、よほどおかしな真似をしない限りはないような気がする。

ユリアーナが身ごもったら、レオンハルトが過保護になることは予想していた。けれども、ここまでとは思わなかった。

女官長のローエに頼んで、刺繡など根を詰める作業をさせないようにした。そして、サロンで弦楽器の演奏会など、気持ちを和ませるようなものを催すことを決めた。食べ物にも気を配り、昼寝の時間というものを新たに決めて、ハンナにきつく言って、守らせるようにした。

それだけでも行き過ぎていると思うのだが、彼は寝室を別にした。

一緒では、ユリアーナの眠りを妨げるというのが理由だ。

そこまで気を使うのだから、彼がユリアーナの寝室を訪ねてこなくなったのは当たり前のことかもしれない。

彼と寝室で過ごす時間は、ユリアーナにとって何より楽しみだったのに。

抱かれることもそうだが、彼の温もりを感じて眠りにつくことは、最高に幸せなことだったのだ。

しかも、何かと規制の多い生活になってしまい、ユリアーナは次第に鬱屈《うっくつ》した思いを抱えることになった。

ただでさえ、つわりで気分が悪いというのに、気を紛らわせるものがなくなったからだ。

女官達は楽しそうに、おむつを縫ったり、赤ん坊の靴下を編んでいるというのに！

わたしだって、生まれてくる赤ちゃんのために何かしたいわ。

靴下を編むくらい、大した作業ではないと思うが、こっそりやっていると、たちまちローエに取り上げられてしまう。

以前は昼間にレオンハルトといつも会って、話をしていたのに、それも今はない。その時間は丸ごと昼寝のための時間に当てられているからだ。

昼寝なんて……。

私はちっとも眠くないのに。

この間催した舞踏会は大成功で、次にまた開く予定なのだが、この分だと自分だけ出席できなくなりそうだった。

もっと寄付を募ったり、病院や孤児院の施設を建てることにも関わりたいが、宮殿の外に出ることも禁じられている。とにかくローエやハンナまで、レオンハルトに丸め込まれていることが腹立たしい。

わたしの味方はベルだけよ。

仕方なくユリアーナはベルと遊んだり、本を読んだりしていた。

やがて、つわりは治まり、その代わりよく食べるようになって、お腹が少し大きくなってきた。

つわりがなくなると、急に宮殿の中だけで過ごすのが嫌になり、ユリアーナは庭を散歩するようになった。

今日もハンナを連れて、庭を歩いていると、遠くから犬が吠える声がした。

「ヘッダ!」

思わず名を呼ぶと、ヘッダが飛ぶようにこちらにやってくる。身を屈めて、ヘッダが飛びついてくるのを受け止め、彼女を撫でた。

「ユリアーナ! 大丈夫か?」

どこから見ていたのか、レオンハルトがこちらに駆け寄ってくる。

ヘッダはレオンハルトを主人だと思っているので、大喜びで今度はレオンハルトに飛びついた。彼は膝をつき、ヘッダの頭を撫でながら、彼女に言い聞かせた。

「いいか。ユリアーナはお腹に子供がいるんだ。飛びついてはいけない。転んだりしたら大変だからな」

ユリアーナは呆れながら、立ち上がった。

「あのね、レオンハルト。わたしはヘッダが飛びついてきたくらいで転んだりしないわよ」

「それは判らないじゃないか。今はまだいいが、お腹がもっと大きくなったりしたら、動きは鈍くなる」

「それはそのときのことでしょ！　だいたい、あなたは過保護なのよ。もういい加減にして！」

「なんだって？　私はおまえのことを考えているんだ」

「わたしじゃなくて、お腹の子供のことでしょ。わたしのことなんか……なんにも考えてないんだわ！」

自分でも言いすぎだと判っていた。彼はちゃんと自分のことも気遣ってくれている。それでも、度重なる過保護ぶりに、ユリアーナはうんざりしていたのだ。

「いや、私は両方のことを考えているんだ。大事に思っている」

「それなら、どうしてわたしの好きなことを禁じるの？　乗馬はまだ判るわ。でも、厩舎に近づいちゃいけないなんて……。馬の様子を見るくらいいいじゃないの。刺繍だって編み物だって、疲れればやめるし、昼寝だってしたければするわ！　これ以上、わたしのことに口を出すのはもうやめて！　やりたいこともやれなくて、苛々するばかりよ！」

さんざん言いたいことを吐き出した後で、ユリアーナは我に返った。

皇帝に対してこんな文句を言うところを、他の誰かに見せてはいけないのだ。それなのに、誰からも聞こえる広い場所で怒鳴ってしまった。

庭は広くて、みんなに聞こえたというわけではないが……。

ハンナは素知らぬ顔で聞いてないふりをしているが、もちろん聞こえていただろう。ぐるりと見回してみると、少し離れた場所でダールマンが困ったような顔で頭をかいているのが見えた。

ダールマンはヘッダとその子供達を兵舎で世話している。正確に言うと、教育している少年兵と一緒に世話をしていた。犬がいることで、気持ちが落ち着くからと。

ダールマンは遠慮がちに近づいてきた。

「やあ、すまん。ヘッダを放してしまったもので」

ヘッダはダールマンのほうに行き、撫でてもらっている。元々、人懐こい犬だったが、今はたくさんの人に可愛がられているのだ。ヘッダ自身も以前より肉がつき、なかなか可愛らしい犬になっている。子犬は丸々と太っていて、ユリアーナもよく見にいっていた。

ダールマンは咳払いをして、レオンハルトをちらりと見た。

「皇妃様も少しゆとりが欲しいというわけさ。あまり厳しく締めつけるな」

「私は何も厳しくしているつもりでは……」

「おまえはそのつもりかもしれないが、あれをやめろ、これはしちゃいかんと言われたら、反抗もしたくなるだろう？　おまえだって、そういうときがあったじゃないか」

そう言われて、レオンハルトにも覚えがあったらしく、顔をしかめた。そして、深く溜息をついた。

「判った。確かに私はあれこれ注意しすぎた。ただ……おまえが心配なのは本当だ」

「子供だけじゃなくて……？」

「ああ。こんなことをしても構わないほどに……」

彼はユリアーナに近づくと、軽々と抱き上げた。ユリアーナは慌てて彼の首に腕を回して摑まる。

「な、何してるのっ？」

「私は皇帝として人に弱みを見せたくはない。だが、おまえが私の弱みであることは、もう誰に見せてもいいと思っている」

ユリアーナは言葉を失って、彼の顔を見つめた。

彼は優しく穏やかな表情をしていたが、きっぱりと言った。

「ギリアス皇帝は妃をこの上なく愛している。だから、具合が悪いと心配するし、過保護にもなってしまう。愚かだと笑われても、おまえは私の宝だ。今は世界中の人間にも言える」

ユリアーナの胸に熱いものが込み上げてきた。

彼は最近になって、やっと犬や猫を可愛がっているところを周囲に見せ始めていたが、ユリアーナへの愛情表現はまだあまり見せていなかった。

けれども、彼は育ての親のダールマンやハンナの前で、それを表明した。

遠くて話は聞こえなくても、皇帝が妃を抱き上げているところを唖然として見ている女官や衛兵がいた。

「判ったわ……。ごめんなさい。あなたの気持ちを疑ったりして」

「許してやろう。私も悪かった。心配なあまり、理不尽なことまで押しつけていたようだ」

判ってくれればいいのよ。

それに、彼が自分を愛していることを表明してくれたことが嬉しかった。

「もう下ろしていいわよ」

「いや……このまま部屋に行く」

「えっ」

レオンハルトはちらりとダールマンのほうを見た。ダールマンはよしよしと言うふうに笑って頷いている。

「あの……」

彼はユリアーナを抱き上げたまま、スタスタと歩き始めた。

「どうしたの、一体？　重いでしょ？　わたし……」

「いや、おまえなど軽いものだ。だが、以前よりはふくよかになったようだな。つわりも終わって、ずいぶん食べられるようになったとローエから聞いている」

ローエはユリアーナの様子をあれこれ報告しているらしい。しかし、それも、ユリアーナを心配してのことなのだ。

彼はそのまま宮殿の中へ入っていく。行き交う人々は、みんな最初は目を丸くしたものの、すぐに口元に笑みを浮かべて目を伏せていた。見ないふりをしていても、もちろん見ているし、宮殿中に噂は飛び交うことだろう。

それでも、彼はいいと言っている。それどころか、それを示したいのだと。

わたしが彼の宝物なんだって……。

ユリアーナは気持ちが熱くなるのを感じた。

わたしの宝物もあなたよ……。

もちろん子供が生まれれば、宝物は増えるが、かといって、彼が宝物でなくなるなんて考えられない。

そうなのね。わたしもお腹の子も彼の大切な宝物の中に入っているのね。

彼があまりにも自分の生活に制限を加えていくので、それに不満を抱いていた。制限のいくつかは不要なものだし、自分で判断できるものだった。けれども、それも彼に自分の意見を言えば済むことだったのかもしれない。

いくら昼寝の時間があって、昼間は彼に会えず、夜は彼が寝室に訪ねてこないからといっても、自分から寝室へと行けばよかったのだ。

食事をするときでも、彼と話をしようと思えばできることがあったのに、なんとなく一人ですねていた。それもこれも、身ごもった途端、態度を変えられたので、彼にもう愛されていない気がしていたのだ。

そんなことはなかったのに……。

彼はユリアーナを自分の寝室に連れていった。そして、ベッドにそっと下ろす。

「ここはあなたのベッドよ」

「判っている」

彼はベッドに膝をつき、ユリアーナの前髪を撫で上げ、額にそっとキスをした。そして、目を合わせて、にっこり微笑む。

ユリアーナの胸に幸せが広がる。

そして、彼はそっと口づけをしてきた。

久しぶりのキス……。

ユリアーナは思う存分、彼のキスを味わった。

そういえば、そろそろ昼寝の時間なのだが、それはもういいのだろうか。頭の隅にそんな考えが浮かんだが、すぐに消えていく。

こんな時間を逃してはいけない。

いつもいつも別の部屋で眠りについていて淋しかった。それに、彼の温もりが何より心地いい。

ずっと……わたしを抱き締めていて。

彼は顔を上げ、ユリアーナの頰を撫でた。

「寝室が別で、ずっと淋しかった」

ユリアーナが本音を言うと、彼は頷いた。

「私もそうだ。だが、医者が念のため、つわりがある時期はベッドを別にしたほうが安全だと言ったんだ」

「そうなの……？　わたしは聞いてないけど」

「おまえが気にしてはいけないと思って、私が口止めをした」

「まあ……」

彼はわたしのためにいろんなことを考えてくれていたのね。

けれども、黙っていたから余計に誤解が生じたのだ。知っていたら、彼の過保護ぶりも理解できただろうに。

「じゃ、じゃあ……つわりが終わった今は？」

彼はそっと微笑んだ。

「だから、ここにいるんじゃないか」

「えっ、まだ昼間よ」

「昼寝の時間だ。ここで私も一緒に昼寝をしよう」

つまり、そういうことなのね？

ユリアーナは嬉しくなって、彼の首にしがみついた。

「それなら、わたし達、服を着てたらいけないと思うの」

「同感だ」

彼はユリアーナを抱き起こして、背中に並ぶホックを外していく。今はお腹の子のためにコルセットはつけていないから、脱ぐのも少し楽だ。それでも、夜着とは違って、かなり手間はかかる。

彼はユリアーナを一糸まとわぬ姿にしてしまい、自分も脱いでいく。

次に抱き締められたときは、温かい身体が直に触れてきて、うっとりとする。

「わたし……あなたになんでも正直に言うことにするわ」

「ああ、そうしてくれ」

「だから、あなたも正直にわたしに話をして……。わたしのことを考えてくれているのは判るけど、言葉にして」

二人がすれ違うときは、いつも言葉が足りないときだ。

いつでも、どんなときでも、わたしは彼を深く愛しているのに。彼もきっと同じなのに、少し言葉が足りないだけで、二人の間に隙間ができる。

本当は、言葉を交わさなくても判り合えるようになりたい。肌を合わせなくても、彼の温かさを感じたい。

でも、今のわたし達は夫婦として少し未熟なのかもしれないわ。

もっともっと、彼のことを知りたい。もっとたくさん、わたしのことを知ってほしい。

そして、二人で子供を育て、どんなものにも揺るぎない家庭という絆を築きたい。

レオンハルトはユリアーナの髪を一房摘まみ、そっと口づけをする。

「おまえのこの金糸のような髪に誓おう。おまえに心を開いて、なんでも話すことを」

「レオン……」

彼はユリアーナの頬を愛おしげに包んで、熱い眼差しでまっすぐに見つめてくる。

「愛しているよ……」

彼の囁きがユリアーナの肌を通して、胸の奥へと染み込んでいく。

この言葉に嘘偽りはない。

「わたしも……愛しているわ」

それも真実の言葉だ。

二人の唇は重なり、身体が溶け合う。

幸せが永遠に続くことを、ユリアーナは確信していた。

あとがき

こんにちは、水島忍《みずしましのぶ》です。

今回は、ヒロインのユリアーナ王女が一見怖そうな皇帝レオンハルトに人質として嫁いだものの、めっちゃ溺愛されるお話です。……と、ここまでは、ごく普通かもしれませんが、実はレオンハルトは可愛いものが大好きなのです。

小動物はもちろん、痩せた野良犬にも優しい。そして、何より可愛いユリアーナにメロメロなのです。でも、レオンハルトは自分の弱みを人に見せたくない。というか、皇帝は強くあらねばならないと思っているので、絶対に弱みを見せないと決心しています。

なので、最初はユリアーナに関心があるところを見せないし、ユリアーナ本人にも素っ気ない感じ。

彼は『冷酷な皇帝』として恐れられていますが、確かに自ら軍を率いて近隣諸国を征服して、強大な帝国をつくり、裏切り者などには容赦しない人です。けれども、それは無駄な戦いを減らし、政情不安な国を自分の支配下に置くことで、平和を目指しているからなのです。

そういう平和な国を自分がつくることができると信じているからですよね。そして、そのために常に強い皇帝として君臨しなくてはならない。レオンハルトはけっこう無理を重ねて、自分を押し殺しています。

だから、ユリアーナを愛していると自覚できないし、もちろん態度にも出せない。いや、ベッドの中では情熱を込めて好意を表現しているつもりなのですが、あまり上手くいっていないという……。

しかも、ユリアーナへの溺愛ぶりは周りにはけっこうダダ洩れっぽくて（笑）。ただ、ユリアーナ本人はそれに気づかず、二人の気持ちはすれ違いが多いです。

ユリアーナはレオンハルトを知れば知るほど好きになっていきます。彼の可愛いもの好きを知ってからは特に。そんな可愛い二人の恋が成就するまでには……まあ、いろいろあるんですけどねー。

さて、今回のイラストは辰巳仁《たつみじん》先生です。

タイトルが可愛いのですが、カバーイラストもそれにぴったりですよね。とにかく可愛いユリアーナと溺愛皇帝さんが萌えます！　レオンハルトは軍服がお似合いで、とっても格好いいです。辰巳先生、素敵なイラストをどうもありがとうございました！

それでは、冷酷皇帝の無自覚な溺愛ラブを楽しんで読んでいただけると嬉しいです。

ジュエル文庫をお買い上げいただき、ありがとうございます!
ご意見・ご感想をお待ちしております。

ファンレターの宛先
〒102-8177　東京都千代田区富士見2-13-3
株式会社KADOKAWA　ジュエル文庫編集部
「水島 忍先生」「辰巳 仁先生」係

ジュエル文庫
http://jewelbooks.jp/

かわいい政略結婚《せいりゃくけっこん》

冷酷皇帝《れいこくこうてい》だったのに新妻《にいづま》にきゅんッ!

2019年2月1日　初版発行

著者　水島 忍

イラスト　辰巳 仁

発行者 ―――― 青柳昌行
発行 ―――― 株式会社 KADOKAWA
〒102-8177 東京都千代田区富士見2-13-3
0570-06-4008(ナビダイヤル)
装丁者 ―――― Office Spine
印刷 ―――― 株式会社暁印刷
製本 ―――― 株式会社暁印刷

カスタマーサポート（アスキー・メディアワークス ブランド）
[電話]0570-06-4008（土日祝日を除く11時～13時、14時～17時）
[WEB]https://www.kadokawa.co.jp/（「お問い合わせ」へお進みください）
※製造不良品につきましては上記窓口にて承ります。
※記述・収録内容を超えるご質問にはお答えできない場合があります。
※サポートは日本国内に限らせていただきます。

※定価はカバーに表示してあります。

Printed in Japan
ISBN 978-4-04-912412-5 C0193